De

A*f*

Over jeugdpuistjes, aar

en nog veel meer pukkelige dingen

Mirjam Mous

De StrandTent

Aflevering 2:
Over jeugdpuistjes, aardbeien, de nieuwe seizoenkracht
en nog veel meer pukkelige dingen

Met tekeningen van Stefanie Kampman

Van Holkema & Warendorf

NEDERLANDSE
KINDERJURY
2006

ISBN 90 269 1504 7
NUR 283
© 2005 Uitgeverij Van Holkema & Warendorf,
Unieboek BV, Postbus 97, 3990 DB Houten

www.unieboek.nl
www.mirjammous.nl

Tekst: Mirjam Mous
Illustraties: Stefanie Kampman
Omslagontwerp: Ontwerpstudio Bosgra BNO
Zetwerk binnenwerk: ZetSpiegel, Best

Dat heb ik weer

Marscha stormde mijn kamer binnen. 'Ja hoor, dat heb ik weer. Daan kan niet zoenen!'

Ik bleef er bijna in. Niet vanwege Daan, maar omdat ze bijna op Tammy trapte. Gelukkig was mijn rat kampioene snelspringen en dook ze net op tijd onder mijn bed.

'Oeps, sorry Tam,' zei Marscha.

'Dierenbeul!' Ik gooide mijn kussen naar het hoofd van mijn vriendin.

'Ja-ha. Ik zei toch sorry?' Met een knal deed ze de deur dicht.

Ze wist dat mijn moeder zou gaan hyperventileren als Tammy ontsnapte. Of op zijn minst gillend op een stoel zou springen. Misschien gingen ratten ook wel hyperventileren na een traumatische gebeurtenis!

Ik haalde vlug een yoghurtdrop uit mijn bureaula en hurkte bij het bed. 'Kijk eens, Tammy. Jammie.' (Een yoghurtdrop was voor Tammy net zo onweerstaanbaar als bitterballen voor Marscha.)

Aarzelend kwam ze tevoorschijn, terwijl haar kraaloogjes heen en weer flitsten. Trippeltrippel.

'Kom dan bij het vrouwtje,' fleemde ik.

Marscha grinnikte. 'Je doet net of het een hond is.'

In ieder geval kon Tammy even goed ruiken. Ze snuffelde aan het snoepgoed en wipte toen behendig op mijn hand. Voorzichtig zette ik haar op de bodem van Het Rattenpaleis. 'Zo, lekker in je eigen huisje. Kun je bijkomen van de schrik.'

Marscha raapte het kussen op. 'Ik moet ook bijkomen van de schrik. Zoenen met Daan is levensgevaarlijk.'

Nog een kampioene, dacht ik. Maar dan in overdrijven.

Marscha plofte op mijn bed, schopte haar slippers uit en wiebelde met haar tenen. Haar nagels hadden dezelfde kleur lak als een brandweerwagen. Ze zat in een rode periode.

Ik ging naast haar zitten. 'Hoezo dan?'

'Hij is motorisch gestoord, Fay! Hij bewoog niet alleen zijn tong maar zijn hele hoofd.' Ze deed voor hoe het ging.

Over honden gesproken...

Ik dacht aan de knikkende (nep)herder van mijn oma, die op de hoedenplank in haar auto ligt. Zijn losse kop bengelt met een haakje aan een schroefoogje in zijn nek. Gevolg: bij iedere verkeersdrempel begint het ding als een gek te wiebelen.

Marscha wiebelde ook als een gek met haar hoofd.

'Ik probeerde te zeggen dat hij niet zo moest ronddraaien,' zei ze, 'maar dat was hartstikke lastig met onze lippen tegen elkaar aangedrukt.' Ze tilde het kussen aan de twee bovenste punten van haar schoot. 'Daarom hield ik zijn oren maar vast om hem te laten stoppen.'

Ja, die van Daan waren maatje XXL, dus prima handvatten. 'En?'

'Begon hij ook nog kreunende geluidjes te maken!' Marscha liet zich verslagen achterovervallen.

'Geen wonder. Oorlellen behoren tot de erogene zones.' Dat had ik in ons favoriete tijdschrift Glow gelezen. 'En toen?'

'Toen niks.' Marscha ging weer rechtop zitten. 'Voordat ik genoeg moed had verzameld om het uit te maken, moest hij naar voetbaltraining.'

'Jammer dat er geen kus-training bestaat,' zei ik. 'Zulke dingen zouden ze je nou op school moeten leren, veel nuttiger dan geschiedenis of wiskunde.'

'Zoenles van Boomsma.' Marscha deed meteen een perfecte imitatie van onze lerares Nederlands. 'Doe je lippen een stukje van elkaar...'

Weinig kans. In de klas was het altijd: monden dícht.

'Wil je het echt uitmaken?' vroeg ik.

Marscha voelde aan haar lippen en knikte.

'Maar het is net drie dagen aan.' (Zelfs voor Marscha was dat kort.) 'Trouwens, daarstraks was je nog hartstikke verliefd.'

'Maar nu dus niet meer.' Ze knikte nog een keer, ditmaal tegen zichzelf. Toen ritste ze haar kersenrode buideltasje open. 'Ik stuur hem meteen een sms'je.'

'Dat het uit is?' riep ik geschokt. (Met Marscha wist je het nooit.)

'Waar zie je me voor aan?' Haar blik stond op verontwaardigd. 'Om af te spreken, natuurlijk. Je weet best dat ik geen lafbek ben.' Ze haalde haar mobiel (geel, met een rood jasje) tevoorschijn en toetste in: *MORGEN DST 15 UUR.*

DST – De Strandtent, was van Marscha's oom. We hadden er allebei een baantje.

'Maar dat is onder werktijd,' zei ik.

Ze drukte al op verzenden. 'Prima toch? Dan ben jij tenminste in de buurt om Daan op te vangen.'

Alsof hij een gewond zeehondje was, en ik Lenie 't Hart.

Een uurtje later ging Marscha naar huis. Ik hing uit het openstaande raam en keek haar na tot ze om de hoek van de straat was verdwenen. Arme Daan. Was ik even blij dat ik geen jongen was! Marscha wisselde ongeveer net zo vaak van vriendje als van lievelingskleur. Zelf had ik nog maar één keer in mijn leven verkering gehad. Met Rik, mijn buurjongen. En eigenlijk telde die ene keer ook niet echt, want we zaten in groep drie.

Je bent niet langer verliefd? Geen nood
Hier is de HOE MAAK IK HET UIT? – top 5 van de Glowredactie

het is uit

5 Stuur hem een sms'je
Voordeel: Je hoeft het hem niet recht in zijn gezicht te zeggen. **Nadeel**: Je loopt het risico dat hij de boodschap niet leest en zijn nieuwsgierige moeder wel. **Glow zegt**: Niet doen! Tenzij je het niet erg vindt om voor lafaard uitgemaakt te worden.

4 Laat je vriendin tegen hem zeggen dat het uit is
Voordeel: Je hoeft niet zelf mee te maken dat hij in huilen uitbarst. **Nadeel**: Misschien koelt hij zijn woede op jouw vriendin. **Glow zegt**: Dit doe je je beste vriendin niet aan! Toch?

3 Verzin telkens een smoes als hij met je wil afspreken. Je moet naar de kapper, bij je oma op bezoek of de kooi van je hamster verschonen. Dus je hebt echt geen tijd om iets leuks met hem te gaan doen
Voordeel: Je hoeft hem niet te vertellen dat het uit is. Hij komt er langzaam maar zeker zelf achter. **Nadeel**: Het kan even duren vóórdat hij doorheeft dat de liefde over is. **Glow zegt**: Vervelende dingen kun je beter niet uitstellen. Hoe eerder het voorbij is, hoe beter jullie je allebei zullen voelen.

2 Zeg tegen hem dat hij echt heel leuk en aardig is, maar dat hij te veel op je broer of je neef lijkt. En je wilt toch niet met je familie staan tongzoenen?
Voordeel: Jullie kunnen vrienden blijven. Handig als je hem nog elke dag tegenkomt. **Nadeel**: Als hij denkt dat jij hem leuk en aardig vindt, zal hij blijven proberen je terug te krijgen. Vermoeiend! **Glow zegt**: Geef hem geen valse hoop. Jongens zijn ook mensen.

1 Zeg duidelijk dat je niet meer verliefd op hem bent en dat je het uitmaakt

Voordeel: Hij weet precies waar hij aan toe is. **Nadeel**: Ja, het kost wel even lef. **Glow zegt**: Doen! Het moment zelf is moeilijk, maar later zal hij je dankbaar zijn. Je kunt hem recht in de ogen blijven kijken en al snel kunnen jullie allebei door met je eigen leven.

Een pukkelige jongen

We parkeerden onze fietsen op de boulevard en namen de trap naar het lager gelegen strand.

Marscha kneep haar ogen tot spleetjes. 'Bah, ze hebben weer iets nieuws verzonnen.'

Met die 'ze' bedoelde ze de eigenaars van Zeezucht. Naast hun strandtent lag een reusachtig springkussen in de vorm van een schip. Minstens vijftig kinderen hopsten op en neer terwijl hun ouders vanaf het terras toekeken. Tjemig, wat was het druk!

Marscha en ik waren fel tégen Zeezucht, bijna nog erger dan Ajax-supporters tegen die van Feyenoord. Zeezucht was namelijk de grote concurrent van DST. Ik probeerde dan ook meteen magische stralen naar het springkussen te sturen: laat het ogenblikkelijk lek gaan, alsjeblieft, alsjeblieft.

Mijn ouders hebben me Fay genoemd, maar toveren? Ho maar. Het kussen liep niet leeg en dus bleef het terras van Zeezucht ook vol.

In mineurstemming slenterden we naar DST.

'Oom Rien zou ook zoiets cools moeten verzinnen,' zei Marscha.

Ik tikte tegen mijn voorhoofd. 'Oom Rien?'

Hij was een lieverd, daar niet van, maar het woordje 'cool' kwam in zijn woordenboek niet voor. DST had er vanbinnen altijd als een sigarenkist uitgezien omdat oom Rien dacht dat bruin eikenhout je-van-het was. Pas toen we na een klassenfeest in DST de inrichting compleet veranderd hadden, zag hij dat...

Wacht eens even.

'De feestcommissie!' riep ik. 'We kunnen weer bij elkaar komen! Niet voor school, maar voor DST.' Per slot van rekening hadden we aan het begin van de zomer met zijn zessen voor een geweldige klassenfuif gezorgd.

Marscha keek me met open mond aan. Toen viel ze me om de hals. 'Gaaaaaf!'

Oom Rien had een nieuwe seizoenkracht aangenomen. De vorige (Kees) bleek niet te vertrouwen, en Marscha en ik mochten geen alcohol serveren omdat we nog maar vijftien waren. (Al vijftien, volgens Marscha.)

Stanley was net achttien en had bruin haar, dat als een gordijntje voor zijn ogen hing. Hij zat op de balustrade van het terras, met zijn voeten achter de onderste sport gehaakt.

'Heeft hij nou een Zorro-masker op?' vroeg Marscha verbijsterd. Toen we dichterbij kwamen, zagen we dat het gewoon een enorme zwarte zonnebril was. Nou ja, gewoon...

'Natuurlijk om zijn pukkels te verbergen,' fluisterde Marscha. Ik gaf haar een stomp. 'Stil nou, misschien kan hij wel liplezen.' Ze fluisterde verder met haar hand voor haar mond. 'Nou, het is toch zo? Als ik zo veel last van acne had, kwam ik mijn kamer nooit meer af.'

Zij had gemakkelijk praten. Ze had in haar hele leven nog nooit een jeugdpuistje gehad.

'Hoi,' zei Stanley.

'Hoi.' We klommen het nagenoeg lege terras op.

'Ik ga oom Rien zoeken.' Marscha verdween naar binnen.

Stanley keek naar de horizon en ik naar Stanleys rug. Op zijn shirt stond een reuzenaardbei met ogen, een neus en een lachende mond.

'Leuk shirt.' Ik ging naast hem over de balustrade hangen.

'Het is een zelfportret.'

Ik volgde hem even niet. 'Hè?'

11

'Allebei pukkelig.'

Ik wist niet hoe ik moest reageren. Als ik niet lachte, zou het lijken alsof ik zijn opmerking niet leuk vond. En als ik het wel deed, zou hij misschien denken dat ik hem uitlachte om zijn puistjes. Dus probeerde ik maar iets ertussenin.

'Ik kan alleen beter tegen uitknijpen,' zei Stanley.

Hij weet natuurlijk wat Marscha over hem gezegd heeft! schoot het ineens door me heen. Mijn wangen gloeiden van plaatsvervangende schaamte. Aardbeienhoofd nummer twee.

Marscha kwam opgetogen weer naar buiten. 'Oom Rien vindt het goed! We mogen met de feestcommissie een superfeestdag voor DST organiseren.'

Was ze maar nooit over die pukkels begonnen, wenste ik.

Ik leunde zo ver mogelijk voorover om Zeezucht te kunnen zien. Stanleys hoofd beperkte mijn uitzicht.

'Wat zullen die pukkels op hun neus kijken,' zei ik.

Het duurde een nanoseconde voor het tot me doordrong.

'Sukkels,' fluisterde ik, inmiddels diep- en donkerrood. 'Van Zeezucht, bedoel ik.'

De allergrootste sukkel was ik zelf. Ik kon mijn tong wel afbijten.

**Problemen met je lijf,
je lover of je ouders?
Vraag Manja om raad!**
(Ook anonieme brieven
worden beantwoord)

Lieve Manja,
Ik schrijf niet voor mezelf, maar voor een jongen die ik ken. Hij heeft heel veel last van pukkels. Vooral op zijn voorhoofd zitten, denk ik, heel grote. Volgens mij heeft hij zijn pony expres in geen jaar geknipt. Weet jij wat hij aan zijn acne kan doen? Ik wil hem heel graag helpen.
Groetjes van F.M.

Lieve F.M.,
Het is aardig dat je hem wilt helpen, maar in de puberteit heb je nu eenmaal sneller last van pukkels. Je kunt hem in elk geval adviseren om veel water te drinken en één keer in de week zijn gezicht te scrubben. (Er zijn speciale scrubs voor jongens.) Als je acne hebt, is het slim om je huid voor je gaat slapen en 's morgens vroeg goed schoon te maken. Bij de drogist verkopen ze hier allerlei middeltjes voor. Pas wel op! Sommige zijn zo agressief dat ze alleen maar meer schade aanrichten. Laat je dus goed adviseren!
Manja

Daan-uit-aan

Ik ruimde de vaatwasser leeg en Marscha smeerde boter op een kadetje. Safira controleerde of we het wel goed deden. Ze werkte al jaren voor oom Rien en beschouwde de keuken als haar eigendom.

De deur met het patrijspoortje ging open.

'Je lover is er,' zei oom Rien tegen Marscha. 'Ene Daan.'

'Nu al!' Ze doorboorde een broodje met haar mes.

'Nou, nou.' Safira schudde haar hoofd. 'Dat vriendje van jou mag wel oppassen.'

'Wat moet ik tegen hem zeggen?' vroeg oom Rien.

Marscha keek op haar lieveheersbeestjeshorloge. Op de rode wijzerplaat stonden geen cijfers maar zwarte stippen. 'Zet hem maar zo lang op het terras, met een groot glas cola.'

'Ga jij het nou eerst maar uitmaken,' zei ik. 'Dan maak ik die broodjes wel af.'

'Uitmaken?' Safira trok voor de zekerheid het mes uit Marscha's vingers.

'Rottig.' Marscha zuchtte.

Ik gaf een bemoedigend kneepje in haar hand.

'Wel opschieten, hoor,' zei Safira.

Door het raam van de keukendeur zag ik Marscha en Daan voorbijkomen. Het leek alsof ze een romantische strandwandeling gingen maken; Daan had zijn arm om Marscha heen geslagen en keek vreselijk verliefd.

'Toch sneu voor die jongen,' mompelde Safira. 'Zal ik iets lekkers voor hem bakken?'

14

Maar Marscha was degene die troostvoedsel nodig had. Een dik kwartier later kwam ze met een sip gezicht terug.

'Was het zo erg?' vroeg ik.

'Nog erger.' Ze gebruikte de megapot met mayonaise als stoel. Safira liet de bitterballen al in het vet glijden en ik pakte de mosterd uit de kast.

'Het is weer aan,' klonk het heel zachtjes.

'Hè?' zeiden Safira en ik tegelijk.

'Ik kon het niet.' Marscha's stem sloeg over.

'Kon het niet?' Ik kwakte een klodder mosterd op een bord. 'Mens, je hebt al honderd verkeringen uitgemaakt!'

'Maar die andere jongens hoefden nooit te huilen.' Marscha kreeg zelf tranen in haar ogen. 'Daan wel. Hij zag er zooo zielig uit, ik voelde me net een misdadiger. Dus toen heb ik het maar weer aangemaakt.'

Safira snoof alsof ze verkouden was. 'Trouw alleen met een man die handig én sterk is, dat is mijn advies.'

'Ik heb liever dat hij normaal kan zoenen,' zei Marscha hees.

Ik ging op mijn hurken voor haar zitten. 'Je mag het niet uit medelijden aanhouden, hoor. Dat is pas echt zielig!'

Moedeloos haalde ze haar schouders op.

Ik begreep het ook wel. Marscha kon al niet naar een Hollywood-film kijken zonder een doos tissues vol te snotteren. Als ze iemand zag huilen, werkte dat besmettelijk. Zelfs bij vreemden ging ze spontaan meejanken. Dus een huilende Daan dumpen... Alleen met een blinddoek voor en oordoppen in zou het heel misschien lukken.

Ik aaide haar schouder. 'Schrijf hem dan een brief.'

'Ik vind opstellen al moeilijk.'

Tja...

Ineens slaakte ze een kreet. 'Kunnen we er niet voor zorgen dat hij vreselijk op me afknapt, zodat hij het zelf uitmaakt?'

Ik knikte naar de streng knoflook die aan een spijker boven

het fornuis hing. 'Voor jullie volgende afspraakje tien knof-
looktenen eten?'

Marscha rilde. 'Gatver. Dan ga ik zelf over mijn nek.'

'Hier.' Safira gaf haar een bord met bitterballen. 'En dan weer
aan het werk. DST is een strandtent, geen crisiscentrum.'

In crisistijden schreef ik altijd naar Lieve Manja. Ze had een
hulprubriek in Glow, waarin ze probleembrieven van lezers be-
antwoordde. Ik deed mijn best om me zo veel mogelijk adviezen, tips en oplossingen te herinneren.

'Ik weet het!' riep ik na een tijdje.

Marscha wilde net in haar vierde bitterbal bijten. Ze liet hem
terug op het bord vallen en pakte met haar vettige vingers
mijn pols vast. 'Wat dan? Zeg op!'

'We hoeven er alleen maar voor te zorgen dat Daan op iemand
anders verliefd wordt.'

ZOENVREES?

Iedereen kent ze wel: een tante die je doodknuffelt of een oom die vreselijk nat zoent. Brrr. En misschien zijn luchtkussen nog erger – liefst drie keer – want die zijn niet eens gemeend. Familiefeestje op komst? Glow weet hoe je het kus-ritueel kunt vermijden!

1 Eet van tevoren een paar tenen knoflook, dat houdt ze op afstand.
2 Neem een piercing door je lip, bij voorkeur een puntige.
3 Maak een lange arm en houd die heel stijf terwijl je een hand geeft.
4 Draag een button: ik zoen niet.
5 Zeg dat je de ziekte van Pfeiffer hebt.
6 Smeer een dot zalf op je mond, zogenaamd om een koortslip te verbergen.
7 Vlak voor het zoenen moet je plotseling dringend naar de wc.
8 Zeg dat je van je geloof alleen je vriendje mag kussen.
9 Je moet ineens vreselijk niezen vanwege een zeer besmettelijke verkoudheid.
10 Bied negerzoenen aan als alternatief.

Marie-Fleur

DST was op palen gebouwd. Vanaf het strand liep een trap naar het terras. Na werktijd gingen we op de onderste tree zitten en namen alle meiden van onze klas door. Marscha hield op haar vingers de tel bij. 'Karin heeft het al met Said.' (Duim.)
'Sanne is verhuisd.'
Marscha stak haar middelvinger op. 'Marie-Fleur...'
'Perfect!' riep ik. 'Daan valt altijd op types zoals zij.'
'Hoezo?' Marscha liet haar hand zakken en keek diep, diep beledigd. (Zij en Marie-Fleur waren niet echt vriendinnen.)
'Types met lang blond haar,' zei ik vlug. 'Verder lijken jullie natuurlijk helemáál niet op elkaar.'
'Als je dat maar weet.' Marscha rolde het rode rubberen armbandje met het woordje 'respect' van haar pols en gebruikte het om haar haren in een stijf knotje te binden. Ik zei maar niet dat ze nu op Boomsma leek.
'En Marie-Fleur is lid van de feestcommissie!' ging ik opgewonden verder.
'Hoi, hoi, hoi.' Marscha hield een heel slap handje in de lucht.
'Snap je het dan niet?'
'Wat?'
Ik zag het al helemaal voor me. 'We vragen of Daan ook meehelpt en dan laten we hem samen met Marie-Fleur allerlei klusjes doen: vergaderen, flyers maken, DST versieren.'
Marscha snapte het.
'Elkáár versieren.' Ze grijnsde van oor tot oor.

De voltallige feestcommissie plus Daan wilde meedoen. De volgende dag zouden we vergaderen.

'Om zeven uur,' zeiden we tegen Karin, Said en Tim.

'Om halfzeven,' zeiden we tegen Daan en Marie-Fleur.

Om vijf over halfzeven kwam er een pindakaasbruine Marie-Fleur DST binnen. (Twee weken Côte d'Azur.) Ze droeg een designjurkje met bijbehorend tasje en schoenen. Haar ouders waren stinkend rijk en dat mocht iedereen weten ook.

'We gaan op het terras zitten,' zei Marscha. 'Daan is er ook al.'

De geëpileerde wenkbrauwen van Marie-Fleur gingen omhoog.

Ik legde mijn hand op haar arm. 'Hij doet ook mee. We kunnen best wat extra hulp gebruiken, dit is heel wat anders dan een simpel klassenfeestje.'

'Zo is dat.' Marscha deed de zware stem van oom Rien na. 'Het moet veel en veel professioneler.'

Marie-Fleur liep aan mijn arm mee naar buiten.

De bejaarde en haar persoonlijke verzorgster, dacht ik. Volgens mij vond ze het nog de normaalste zaak van de wereld ook. Ze was gewend aan personeel. Bij haar thuis hadden ze een tuinman en een butler.

Marscha rende voor ons uit. 'Daan, kijk eens wie er ook is!'

Het klonk als: u hebt de hoofdprijs gewonnen... Ik beet op mijn lip om niet in lachen uit te barsten.

'Hoi.' Daan stak ongeïnteresseerd zijn hand op naar Marie-Fleur. Hij had alleen oog voor Marscha. Een ernstig verliefd oog.

Marscha duwde Marie-Fleur in de stoel naast die van Daan. 'Prachtig haar heeft zij, hè?' Ze pakte één van Marie-Fleurs blonde lokken vast.

Daan krabde ongeïnteresseerd aan zijn linkeroor.

'Het glanst zo mooi,' zei Marscha op megafoonsterkte.

Marie-Fleur keek ongelovig en trots tegelijk. Marscha, die háár een compliment gaf!

Daan verveelde zich zichtbaar te pletter.

Ik veranderde snel van onderwerp. 'Hé Daan, jij vindt Robbie Williams toch zo goed? Marie-Fleur is ook fan.'

Yes! Hij veerde op.

'Heb je *Escapology?*' vroeg hij enthousiast.

'Nee, alleen zijn laatste single,' antwoordde Marie-Fleur. 'Maar van Britney Spears heb ik alles.'

Fout fout fout! Daan vond Britney een lekker ding, zolang ze haar mond hield.

'Daar zijn Karin en Said al,' zei Marscha chagrijnig.

'Hoezo ál?' vroeg Marie-Fleur. 'Ze zijn een kwartier te laat.'

Als een stel jonge honden kwamen ze de trap op.

'Yo lui, hoe gaat het ermee? Alles flex in DST?' rapte Said.

Karin sloeg plagerig tegen de klep van zijn pet. 'Hij denkt dat hij weer mag optreden.'

Said wilde minstens zo beroemd worden als Ali B en deed er alles aan om sprekend (én rappend) op hem te lijken.

Marie-Fleur trok een zuinig mondje. Stanley kwam naar buiten met een dienblad vol glazen ijsthee. Ik stelde hem aan iedereen voor.

'Je kunt wel zien dat jullie zussen zijn,' zei hij tegen Marscha en Marie-Fleur.

'Hoe kom je daar nu bij?' riepen ze in stereo, waardoor ze nog meer op elkaar leken.

'Ik zou die pony afknippen en een bril kopen.' Marscha's mond lachte, maar haar stem klonk een tikkeltje aangebrand.

Daan was de enige die om haar opmerking grinnikte. Als hij lachte, bewogen zijn oren ook mee.

'Dank je, maar ik heb al contactlenzen,' zei Stanley onverstoorbaar. 'Ik zie het prima.'

Goed zo! dacht ik. Eindelijk eens een jongen die zich niet door Marscha liet ondersneeuwen.

**Problemen met je lijf,
je lover of je ouders?
Vraag Manja om raad!**
(Ook anonieme brieven
worden beantwoord)

Lieve Manja,
Mijn vriendin en ik willen een jongen aan een meisje koppelen. Hoe kunnen we ervoor zorgen dat hij verliefd op haar wordt?
Cupidootje

Lief Cupidootje,
Liefde laat zich niet dwingen. Je kunt hoogstens een handje helpen door ervoor te zorgen dat ze elkaar ontmoeten. Spreek bijvoorbeeld met een groepje af om naar de film te gaan en nodig ook die jongen en dat meisje uit. Je kunt zijn interesse prikkelen door positieve dingen over haar te vertellen. Probeer meteen uit te vissen of hij haar ook leuk vindt. Misschien hebben ze dezelfde hobby's en is dat een aanknopingspunt. Maar als hij niet wil, houdt het op.
Manja

Aardbeien

'Hersenvoedsel voor de feestcommissie.' Oom Rien zette een grote schaal met aardbeien op tafel. 'En, lukt het een beetje?'
'We moeten nog beginnen,' zei Marscha. 'We wachten op Tim.'
Karin viste het citroenschijfje uit haar ijsthee. 'Die staat natuurlijk ergens te spuiten en is de tijd vergeten.'
Stanley deelde de glazen uit. Bij het woordje 'spuiten' keek hij verbaasd op.
'Graffiti,' verduidelijkte ik, voordat hij rare ideeën zou krijgen. 'Tim is de kunstenaar van onze school. Hij heeft die schildering in DST ook gemaakt.'
Op de muur stond een prachtig onderwaterlandschap, met een scheepswrak en een wrattige zeemeermin.
Zodra ik hem recht aankeek, kreeg Stanleys hoofd last van de zwaartekracht. Hij verdween, met het dienblad onder zijn arm en oom Rien in zijn kielzog.
'Ik bel Tim wel even.' Said haalde een mobiel uit de zak van zijn trainingsbroek.
Marscha graaide voor de derde keer in de schaal.
'Voicemail.' Said hield de telefoon tegen zijn oor en wachtte tot de piep kwam. 'Hé man, waar blijf je nou? We zitten in de kou, zonder jou.'
Marie-Fleur tikte op haar Rolex-horloge. 'Kunnen we niet vast beginnen met brainstormen?'
'Moet je wel een brain hebben,' fluisterde Marscha in mijn oor.
Ik had het schrijfblokje, waarmee ik die dag de bestellingen had opgenomen, nog bij me. 'Ik notuleer wel. Roept u maar.'
'Maar!' riep Daan.
Marie-Fleur lachte. Marscha en ik keken elkaar hoopvol aan.

Karin voerde Said een aardbei. 'Oud-Hollandse spelletjes?'
'Aardbeihappen zeker?' vroeg ik.
'Ik ga dus echt niet voor kinderoppas spelen.' Daan gluurde
naar Marscha's borsten. 'Een miss wet T-shirtverkiezing, dat is
pas gaaf.'
'En seksistisch,' zei Karin.
'Inderdaad!' riep ik fel. Voor nog geen miljoen ging ik in een
doorzichtig nat shirt paraderen. Iedereen zou meteen zien dat
ik twee ongelijke borsten had. Laurel (de appelvormige) was
de laatste tijd wel een ietsepietsie gegroeid zodat Hardy (de
peervormige) hem niet meer totáál overschaduwde, maar
toch...
'Op zich is een verkiezing geen slecht idee.' Marscha gooide
een aardbei in de lucht en ving hem op met haar mond.
'Een missverkiezing dan?' Marie-Fleur staarde dromerig naar
de horizon. Die zag zichzelf natuurlijk al op het podium staan;
een sjerp met gouden letters om zich heen en een kroontje op
haar hoofd.
'Of een wedstrijdje rappen om de boel op te peppen.' Said
trommelde met zijn vingers op zijn knieën.
'Een zoenmarathon! Wie kan het langste non-stop kussen?'
Daan wierp zo'n kleffe blik op Marscha dat ik er bijna kiespijn
van kreeg.
Karin stuurde per luchtpost een zoen naar Said. 'En het win-
nende stel krijgt een vermelding in het *DST Book of Records*.'
Said deed alsof hij de onzichtbare kus opving en plakte hem
op zijn wang. 'Zou er ook een wereldrecord rapzoenen be-
staan?'
'Kan best, mensen doen de mafste dingen om in het *Guinness
Book Of Records* te komen.' Karin rilde van genot. 'Levende
goudvissen eten, bijvoorbeeld. Of wriemelende wormen doorslikken. Laatst was er een man op tv die eenenvijftig rode pe-
pers naar binnen werkte!'

'Heet!' Marscha wapperde met haar hand voor haar mond. 'Geef mij maar aardbeien.'

Ik kloof op mijn balpen. 'Eigenlijk best een goed thema. Lekker zomers.'

'Aardbeien,' herhaalde Marscha bedachtzaam.

Ik knikte. 'Wie eet de meeste aardbeien in drie minuten?'

'We schminken de gezichten van alle kinderen rood met gele stippen!' riep Karin enthousiast.

Said bewoog met zijn hoofd alsof hij een muziekje hoorde. 'Ik maak wel een aardbeienrap.'

'En we kunnen een aardbeienkoningin kiezen!' Marie-Fleur harkte haar lange blonde haren met een filmsterrengebaar naar één kant.

'Wie is er vóór aardbeien?' vroeg Marscha.

Alle handen gingen omhoog.

Karin en Said waren vertrokken. Marie-Fleur ging eerst nog even naar de wc. Ik bracht de lege schaal naar binnen en Marscha zette de vuile glazen op de bar.

'Ik hoop niet dat er iets ergs met Tim gebeurd is,' zei ik. Het was niets voor hem om zomaar weg te blijven.

Marscha maakte zich meer zorgen om Daan. 'Hij wil me vast naar huis brengen,' fluisterde ze met een blik op het terras.

'Misschien is het toch beter om het zelf uit te maken,' opperde ik voorzichtig.

Ze draaide met de hak van haar sandaal. 'Konden we maar regelen dat hij met Marie-Fleur naar huis gaat.'

Achter de bar klonk gestommel. Toen ik vooroverboog, zag ik Stanley zitten.

'Wat ben jij aan het doen?' vroeg ik.

Nu keek Marscha ook. 'Ons bespioneren, zeker?'

Sinds het gedoe met Kees leed ze af en toe aan achtervolgingswaan.

'Nee, bierviltjes zoeken.' Stanley kwam met een verse stapel omhoog. 'Toevallig heb ik jullie gehoord.'

Marscha kreeg een 'jaja'-blik.

Stanley zag het gelukkig niet. Hij was druk met de viltjes. 'Ik weet wel een manier om ervoor te zorgen dat Daan Marie-Fleur naar huis brengt. Als ze tenminste met de fiets is.'

Marscha knikte hevig. 'Hoe dan?'

'Platte band,' zei Stanley. 'Dan heeft ze een lift nodig.'

Ik glipte via de keukendeur naar buiten en holde zo dicht mogelijk langs de duinen over het strand. Mooi zo, Daan zat met zijn rug naar me toe.

Pfff, daar was de trap naar de boulevard al. Ik nam hem met twee treden tegelijk. Bij de fietsenstalling stonden wel twintig fietsen. Voor één keer was ik blij dat Marie-Fleur alleen maar dure merkspullen had. Ik zou haar Batavus Kayenta met zevenentwintig versnellingen en rollerbrakes uit duizenden herkennen. Ik draaide het ventiel eraf en liet de band leeglopen. Toen rende ik terug naar DST.

Marie-Fleur kwam net uit de wc. Het leek eerder alsof ze naar een schoonheidsspecialiste was geweest. Ze had haar haren geborsteld en haar ogen en lippen bijgewerkt. Ik keek naar haar piepkleine tasje. Ongelooflijk dat daar zo veel make-upspullen inpasten.

'Nou, dan ga ik maar.' Ze wuifde ook nog even naar Daan.

'Bedankt voor je hulp!' riepen we haar na.

Drie minuten, gokte ik.

Het werden er vier. Toen kwam Marie-Fleur hijgend de trap naar het terras op.

'Iets vergeten?' vroeg Marscha liefjes.

'Mijn band staat leeg. Hebben jullie een fietspomp?'

'Nee!' riepen Marscha en ik tegelijk.

'Hè toch.' Marie-Fleur rommelde in haar tasje. 'Ik hoop maar dat mijn vader al thuis is, dan kan hij me komen halen.'

Zou die butler geen rijbewijs hebben?

'Hoeft niet,' zei ik. 'Daan brengt je wel even, hè Daan?'

Hij keek alsof ik hem gevraagd had een citroen op te eten.

Marscha schonk hem haar speciale glimlachje. 'Tuurlijk doet hij dat. Daan is niet zo lomp als de meeste jongens, hij is juist hartstikke galant.'

Zijn grote oren waren niet alleen gevoelig voor strelingen.

'Oké dan.'

'Super!' Marscha keek opgelucht.

Maar toen zei Daan: 'Tot zo dan, schatje.'

GUINNESS WORLD OF RECORDS

Gek, geniaal, of allebei?
Glow verzamelde voor jou een aantal
sappige, sensationele en schokkende
wereldrecords.

Stekelig

Nur Malena uit Maleisië wordt niet voor
niets 'de koningin van de schorpioenen'
genoemd. Ze liet zich met 6000 van die
stekelige beestjes in een glazen hok in
een winkelcentrum opsluiten. Ze las, keek tv en zwaaide (hé, kijk mij
eens lekker chillen tussen de krioelende schorpioenen) naar de mensen die met hun boodschappen voorbijkwamen. Ben jij al bang voor
een prik bij de tandarts? Nur Malena wordt er niet koud of warm van.
Ze werd wel zeven keer gestoken, toch hield ze haar logeerpartij 32
dagen vol!

Jammie

Bij Rene Alvarenga gaat de liefde voor schorpioenen zelfs door zijn
maag. Deze man uit El Salvador eet ze LEVEND. Elke dag propt hij er
20 tot 30 achter zijn kiezen. In totaal heeft hij al 35.000 schorpioenen verorberd.
Snake Manu uit India houdt het liever bij wormen. In een halve minuut kan hij er 200 doorslikken. Eet smakelijk!

Zoenen

Louisa en haar vriend Rich uit de Verenigde Staten konden tijdens hun
recordpoging juist niet eten. Hun lippen moesten 30 uur, 59 minuten
en 27 seconden op elkaar blijven voor de langste zoen ooit. Roman-
tisch? In het begin wel, volgens Louisa. Maar daarna veranderde de
kus al snel in een uitputtingsslag. Stijve nek, kramp in je kaken, en als
ze naar de wc gingen, moesten ze toch doorzoenen. Dag romantiek!
Tongzoenen met Stephen Taylor is vast heel bijzonder. De Brit heeft
de langste tong van iedereen, hij is 9,4 cm!

Au!

Altijd al een tongpiercing gewild? Misschien is het bij Elaine Davidson wel daarmee begonnen. Inmiddels heeft deze dame uit Brazilië 1903 gaatjes in haar vel laten prikken. Mooi of mismaakt? In elk geval geen kleinzerig type...

Die tante

Stanley stapelde de stoelen op en legde ze als hondjes aan de ketting. Ik veegde het terras en Marscha zou de tafels afsoppen. Tot nu toe had ze nog niets anders gedaan dan het natte, gele doekje uitwringen.

'Verzin iets,' zei ze dringend. 'Zodat Daan niet terugkomt.'

Ik leunde op de steel van de bezem. 'Stuur hem een sms'je dat je al naar huis bent.'

'Dan komt hij natuurlijk daarheen.' Marscha liet het doekje in de emmer plonzen en draaide zich om naar Stanley. 'Heb jij nog meer van die goede ideeën?'

Hij haalde zijn schouders op. 'Je was vergeten te zeggen dat je naar je jarige oma moet?'

Marscha ging meteen haar telefoon halen.

Stanley had zijn tas gepakt (een pukkel!) en riep: 'Tot morgen!'

'Wacht!' bedacht Marscha ineens. 'Ik wil je nog iets vragen.' Ze rende naar de trap en ving hem bij zijn mouw. 'Hoe krijg je jou heel snel verliefd?'

'Ik wil helemaal niet verliefd worden!' riep hij vol afschuw.

'Jij niet.' Marscha wuifde zijn woorden weg. 'Jongens in het algemeen.'

'Daar heb ik geen verstand van, hoor,' antwoordde hij. 'Voor zulke dingen moet je bij mijn tante Ka zijn.'

'Tante Ka?' vroeg ik nieuwsgierig.

'Ze geeft liefdesadvies en maakt gore liefdesdrankjes op bestelling.'

Ik geloofde nog eerder in sprookjes.

Maar Marscha was zeer geïnteresseerd. 'Die drankjes, werken die ook echt?'

'Mijn tante zegt van wel.' Stanley trok zijn mond in een scheef lachje. 'Maar ze beweert ook dat ze de toekomst kan voorspellen.'

Ik liet mijn handen rond een denkbeeldig voorwerp fladderen. 'Hoew, wat zie ik in mijn glazen bol?'

Marscha zoog op haar bloedrode nagel. 'Geef toch maar haar adres,' zei ze tegen Stanley.

Na het avondeten kwam Marscha nog even langs.

'Ik moet het weten,' zei ze. 'Anders slaap ik vannacht niet.'

'Ik heb hem maar heel even aan de telefoon gehad,' antwoordde ik. 'Problemen thuis, iets met zijn zus.'

Marscha keek alsof ze water zag branden. 'Daan heeft geen zus, hoor.'

Hoezo egocentrisch?

'Ik heb het over Tim, sufferd,' snauwde ik.

'Oh, maar dat bedoel ik niet! Ik moet weten hoe het gegaan is met Daan en Marie-Fleur.' Marscha stopte haar mobiel in mijn handen.

Ik gaf hem terug. 'Daan is jouw vriend. Bel hem zelf maar.'

'Mijn bijna ex-vriend!' riep ze. 'Hém wil ik niet bellen.' Ze keek me smekend aan. 'Als jij nou even aan Marie-Fleur vraagt hoe het afgelopen is.'

Hallo, ik was haar bediende niet. 'Waarom ik? Jij wilt het toch weten?'

'Als ik het doe, is dat verda-hacht.' Ze ging om mijn nek hangen. 'Plies, plies!'

Ik was bang dat ik vannacht ook niet zou slapen, tenzij ik Marscha haar zin gaf.

'Vooruit dan maar.' Ik maakte me los uit haar omhelzing en toetste het nummer in.

Marscha leunde over mijn bureau heen.

'Met Marie-Fleur van Banningen.'

'Met Fay. Ik wil even vragen of je daarstraks goed thuisgekomen bent.' Jakkes, ik klonk als een bezorgde moeder.

'Ja, hoor. Hoezo?'

'Gewoon, belangstelling. Dus Daan heeft je netjes afgeleverd?'

'Dat zei ik toch al.' De stem van Marie-Fleur werd ongeduldig.

Marscha hield een papier voor mijn neus: *uitvissen of ze hebben gezoend!*

Ik draaide mijn ogen in de richting van het plafond. Alsof ik daar niet al de hele tijd mee bezig was!

'Is Daan nog mee naar binnen gegaan?' vroeg ik aan Marie-Fleur.

'Is dit een verhoor of zo?' snibde ze. 'Nee, we hebben afscheidgenomen op het tuinpad als je het zo nodig weten wilt.'

Oprijlaan, bedoelde ze.

'Zei of... ehm... deed hij nog wat voordat hij wegging?'

'Hij groette.' Ik hoorde haar zuchten. 'Wil je ook nog weten wat voor kleur sokken hij aanhad?'

'Neu...'

En? En? gebaarde Marscha.

'Nou, dan ga ik ophangen, hoor,' zei Marie-Fleur. 'Ik moet nog vragen of meneer van Montfoort mijn band wil oppompen.'

Dat was de butler natuurlijk. Zou hij ook haar huiswerk maken?

'Doei!' Ik legde de mobiel neer. 'Ze hebben niet gekust,' zei ik tegen Marscha.

Ze knorde chagrijnig. Toen haalde ze het briefje, waar Stanley het adres had opgeschreven, uit de zak van haar rokje.

'Morgenvroeg gaan we dus echt naar die tante,' zei ze beslist.

**Problemen met je lijf,
je lover of je ouders?
Vraag Manja om raad!**
(Ook anonieme brieven
worden beantwoord)

Lieve Manja,
Ik hou heel veel van mijn vriendin. Maar soms probeert ze de baas
over me te spelen en dat kan ik niet uitstaan. Dan zeurt ze net zo
lang tot ik uiteindelijk precies doe wat zij zegt. Vervolgens baal ik
ook nog eens van mezelf, omdat ik niet voor mezelf ben opgekomen.
Ik zou dit graag veranderen, maar ik weet niet hoe. Bovendien ben
ik bang om mijn vriendin kwijt te raken. Wat moet ik doen?
Een hartsvriendin

Lieve hartsvriendin,
*Het is altijd moeilijk om dingen te veranderen die stilletjes aan zo
zijn gegroeid. Misschien beseft je 'vriendin niet eens dat ze de baas
speelt en denkt ze dat jij het allemaal wel best vindt. Probeer erachter te komen waarom het lastig voor je is om duidelijk te maken wat
je wilt. Ben je bang om de ander te kwetsen of om ruzie te krijgen?
Vind je het stiekem ook wel gemakkelijk dat iemand anders voor jou
beslist? Denk je dat jouw mening er minder toe doet dan die van anderen? Probeer hier met je vriendin over te praten. Laat haar desnoods deze brief lezen als je niet weet hoe je moet beginnen. Een
echte vriendin zal je graag helpen!*
Succes,
Manja

Tante Ka

'Als we naar DST fietsen, komen we er praktisch langs,' zei Marscha.

Ze had het over de straat waar tante Ka woonde.

Ik bekeek de afstand op de plattegrond. 'Noem je dat praktisch? Het is minstens tien minuten om!'

'Toe nou, Fay,' smeekte Marscha. 'Het is voor een goed doel.'

Dus stonden we de volgende dag voor werktijd bij een flatgebouw met gele balkons. Naast de deur hingen zo'n vijftig bordjes met nummer, naam en bel.

'Honderddrie,' las Marscha van haar briefje.

Ik wandelde met mijn vingers langs de statige letters: *K. Kadinsky, voorspellingen en relatieadvies.* Zodra ik op de bel drukte, ging er een zoemer.

'Hallo?' Marscha hield haar mond dicht bij het luidsprekertje. 'Tante Ka?'

Iemand rochelde. 'Treed binnen, meisjes.'

Jakkes! Hoe kon ze weten dat Marscha niet alleen was? Ik controleerde meteen of er boven de deur een camera hing. Nee dus.

Ik kreeg een onbehaaglijk gevoel in mijn buik. Tegenwoordig heb je camera's die net zo klein en onopvallend zijn als een schroefoog, probeerde ik mezelf gerust te stellen.

De deur naar de trappenhal begon te praten: trrrrrrrrr.

Marscha duwde hem open en we namen de trap naar de eerste verdieping. Onze schoenen klonken hol op de betonnen treden. We staken de hal over en kwamen weer buiten. Op de galerij waaide het een beetje. Nummer honderddrie, daar was het. Ik wilde door het raam naar binnen kijken, maar de gordijnen waren dicht. De voordeur stond wel op een kier. Aarzelend gluurde ik om het hoekje.

'Ga nou!' fluisterde Marscha. 'Ze zei toch dat we binnen mochten komen?'

Waarom moest er dan gefluisterd worden? Ik voelde me net een inbreker en ging als vanzelf sluipen. Marscha trouwens ook. Op onze tenen liepen we door de gang, in de richting van de woonkamer.

'Zo hé!' riep Marscha.

Ze had gelijk. Dit was de vreemdste kamer die ik ooit had gezien. Het leek er wel nacht en ik rook oosterse kruiden. Tegen de muren hingen zware, zwarte lappen en overal brandden kaarsen, waardoor ik me even in een sterrenhemel waande. Ik vond het mooi, maar ook levensgevaarlijk. Als er eentje omkukelde, vloog de hele boel in de hens.

'Maak je geen zorgen,' zei een stem, alsof die mijn gedachten kon lezen.

Toen pas zag ik haar zitten. Op één van de kussens, die rondom een piepklein tafeltje lagen. Ik dácht tenminste dat het tante Ka was, maar ze zag eruit als een man. Op haar bovenlip schemerden donkere haren en ze had de schouders van een rugbyspeler.

'Ga zitten.' Ze maakte een uitnodigend gebaar naar de kussens. De tien armbanden om haar pols rinkelden alsof er een glasbak werd leeggeschud. 'Dus jullie willen liefdesadvies?'

Dat mens had echt een derde oog! Ik werd nog zenuwachtiger. Misschien had ze ook wel gemerkt dat ik haar op een man vond lijken.

Op het kleine tafeltje lag een fluwelen doek. Toen tante Ka hem wegtrok, kwam er een glazen bol tevoorschijn. Marscha giechelde.

Dus ook al nerveus.

'Ik zie een jongen met bruin haar,' begon tante Ka.

Ik zag alleen maar de weerkaatsing van flakkerende vlammetjes in de bol.

'Daan heeft bruin haar,' fluisterde Marscha.

Alsof ik kleurenblind was.

'En een meisje,' vervolgde tante Ka. 'Ze weten het nog niet, maar ze zullen verliefd op elkaar worden.'

'Goed zo!' Marscha juichte. 'Weet u of dat nog lang gaat duren?'

'Deze liefde heeft tijd nodig.' Tante Ka drapeerde de doek weer over de bol. 'Dat is dan vier euro.'

Nou ja, zeg! Daar moesten we in DST veel en veel langer voor werken.

Marscha keek teleurgesteld. 'Kunnen we die verliefdheid niet een handje helpen? U maakt toch ook liefdesdrankjes?'

Tante Ka knikte. 'Dat kan, maar...'

'Doen we,' zei Marscha al.

'Wat kost dat?' vroeg ik voor de zekerheid.

'Vijftien euro.' Tante Ka legde haar grote handen in haar schoot. 'Maar dan heb ik een haar van zowel die jongen als van dat meisje nodig.'

Vijftien euro! Geen haar op mijn hoofd, dacht ik.

Marscha peuterde vier euromunten uit haar portemonnee. 'We komen de haren zo snel mogelijk brengen.'

Tante Ka knikte. 'En doe mijn hartelijke groeten aan Stanley. Ik zie die jongen veel te weinig.'

Natuurlijk! Stanley had haar verteld dat Marscha en ik met zijn tweeën zouden komen, en erbij gezegd waarom. Tante Ka was niet echt helderziend.

Ik wist niet of ik opgelucht of teleurgesteld was.

Als je haar maar goed zit!

Je haar is net zo veranderlijk als het weer. Regent het, dan kan het gaan kroezen. Vriest het, dan wordt je haar statisch en steil. En de zon kan zorgen voor een spontane coupe soleil.

Nooit meer een bad hairday? Luister dan naar de adviezen van Glow!

K(n)apper

Laat in elk geval je haar in een goed model knippen. Verwacht geen wonderen! Je kunt wel plaatjes van meiden met toffe kapsels als voorbeeld nemen, maar dat wil niet zeggen dat het met jouw type haar net zo uitpakt. Vraag je kapper om raad. Hij of zij weet precies wat er met jouw haar (on)mogelijk is.

Onderhoud

Houd bij de keuze van een kapsel rekening met je levensstijl. Heb je 's morgens tijd en zin om uitgebreid te gaan staan föhnen? Dan is een coupe die veel onderhoud vergt, geen probleem. Maar als je liever meteen in je kleren en dan op je fiets springt, is een praktisch kapsel aan te raden. En hoe zit het met je portemonnee? Kort haar betekent: vaker naar de kapper.

Tips

Gebruik een milde shampoo, die bij jouw haartype past.

Als je vet haar hebt, ben je snel geneigd om het steeds weer te wassen. Maar daardoor produceer je juist meer vet op je hoofdhuid. Vaak je haren borstelen of er met je handen doorheen strijken, is ook niet verstandig. Dan verdeel je het vet van je hoofdhuid namelijk over je hele haar.

Heb je krullen of snel klitten? Gebruik dan een conditioner en kam je haren vóór het uitspoelen onder de douche. Zo voorkom je dat het afbreekt. Voor droog haar is het bovendien een prima bescherming!

Het is goed om je haren met koud water na te spoelen. Dan gaan je haarschubben namelijk naar beneden staan en ziet je haar er gezonder uit. Probeer je natte haren zacht te deppen in plaats van ze heel hard met een handdoek droog te wrijven. Ook loeiheet föhnen is mishandeling van je haar!

Camouflagetrucs

Zit je haar toch nog afschuwelijk en heb je weinig tijd? Lange haren kun je gemakkelijk opsteken met leuke speldjes of in een staart binden. Bij kort haar kun je met wat gel kiezen voor een nonchalante net-uit-bed-look. En in uiterste nood: draag een hippe pet of een vrolijk gekleurd hoofddoekje.

Over Merel

'Ik hallucineer,' zei Marscha.

Dan ik ook. In de verte, op het terras van DST, waggelde iets groots en roods. Zouden die oosterse kruiden van tante Ka soms je oogzenuwen aantasten?

Marscha stak haar arm uit. 'Knijp eens, dat ik niet droom.'

Ik kneep.

'Au!' schreeuwde ze. 'Zo hard hoeft nou ook weer niet.'

Het rode gevaarte draaide zich om. Toen zagen we het pas. Het was iemand in een schuimrubber aardbeienpak.

Tim stond ons onder aan de trap op te wachten. 'En wat vinden jullie van mevrouw aardbei?'

Het had net zo goed een meneer kunnen zijn; je kon absoluut niet zien wie erin zat.

'Om op te vreten,' antwoordde Marscha. 'Wie is het? Kennen we hem?'

'Haar,' zei ik. 'Mevrouw.'

De aardbei zwaaide en huppelde als een blije kleuter op ons af.

'Oooo, ik zie het al!' riep Marscha. 'Hoi Karin.'

'Hoe weet jij dat?' vroeg ik verbaasd.

'Mensenkennis.'

'Aardbeienkennis.' Ik klom achter haar en Tim aan naar het terras.

'Maak de rits even los, wil je? Ik moet piesen, maar ik pas niet in de wc met dit pak.'

Ik moest mijn oor tegen de aardbei houden om Karin te kunnen verstaan. Liplezen ging niet. Het pak was volkomen ondoorzichtig, op twee piepkleine gaatjes voor de ogen na. Ik ritste het open. Marscha en Tim hielpen Karin uit haar schil. 'Pfff, wat is het warm in dat ding.' Ze drapeerde de lege huls als een tent over een stoel.

Ik aaide de stof. 'Maar het is wel een superpak.'

'Mijn nicht heeft het speciaal laten maken, voor de feestelijke opening van haar groentewinkel.' Karin stroopte de bijbehorende rode beenwarmers van haar benen. 'Er liep ook een prei rond waarmee de kinderen op een foto konden.'

'En nu zetten wij ze in DST op de foto!' riep Marscha enthousiast.

'Ik kan ook portretten tekenen.' Tim schetste een aardbeiengezicht op een bierviltje.

'We doen het gewoon allebei.' Karin wierp de beenwarmers op tafel. 'Hèhè, plaspauze.' Op een holletje ging ze naar binnen.

'Hoe is het nu met je?' vroeg ik aan Tim.

'Ja.' Marscha ging er eens goed voor zitten, ze was dol op sappige verhalen. 'Wat hoorde ik nou, heeft Merel problemen?'

We kenden zijn zus eigenlijk alleen van school. Een stil en onopvallend meisje, dat een klas hoger zat dan wij. Ik dacht niet dat ze veel vriendinnen had.

'Het is niet te harden thuis.' Tim haalde een hand door zijn warrige haar. 'Ik kon altijd goed met Merel opschieten, maar de laatste weken... Ze maakt alleen nog maar ruzie. En zoals ze tegen mijn moeder tekeergaat! Het lijkt wel alsof ze door aliens is ontvoerd en gehersenspoeld.'

Marscha haalde haar schouders op. 'Dat is de puberteit, joh.'

Waarom was het eigenlijk geen pubertijd? Dat vond ik logischer. Tim schudde zijn hoofd. 'Er is veel meer aan de hand. Soms hoor ik haar pas heel laat naar haar kamer sluipen, wie weet waar vandaan. En ze komt thuis met belachelijk dure spullen, terwijl ze niet eens een baantje heeft.'

'Tja, dan...' Marscha floot tussen haar tanden.

Ik probeerde me Merel als inbreker voor te stellen. Het plaatje klopte voor geen meter.

'Gisteren liep het helemaal uit de klauwen.' Tim speelde met het bierviltje. 'Mijn moeder wilde weten hoe mijn zus aan die kostbare spullen kwam. Merel krijste dat het niemand iets aanging en mijn moeder schreeuwde dat het haar wel degelijk aanging als haar dochter een dief was. Merel werd woest, want hoe konden we van haar denken dat ze zou pikken? Enzovoort, enzovoort.'

Bij het laatste 'enzovoort' knakte hij het karton doormidden.

Karin kwam terug van de wc en schoof bij ons aan. 'Safira vraagt waar jullie blijven.'

'We komen zo!' riep Marscha in de richting van de deuropening. In sneltreinvaart bracht ze verslag uit aan Karin en gaf Tim toen een por. 'Vertel gauw verder.'

Het viltje lag inmiddels in tientallen stukjes op tafel. Tim veegde ze op een hoop. 'Merel liep het huis uit en mijn moeder sloot zich huilend op in de slaapkamer. Kortom: crisis.'

En Tim was thuisgebleven om zijn moeder te troosten, zo lief! Ik kreeg acuut een Florence Nightingale-gevoel over me.

'Merel is helemaal geen type om te stelen,' probeerde ik Tim te troosten.

Karin liet haar duim uit haar mond ploppen. 'Je weet het niet, misschien is ze wel een kleptomaan.'

'Doe niet zo debiel,' zei ik met een blik op Tim.

'Dat kan, hoor.' Karin klonk bijna opgetogen. 'Dan heb je een soort ziekte waardoor je per se moet stelen. Het maakt niet eens uit wát.'

Marscha frummelde aan haar oorbel, een plastic tomaat. 'Volgens mij heb ik daar laatst iets over gelezen,' zei ze bedachtzaam. 'Een vrouw had allebei haar benen verloren bij een auto-ongeluk en ging in haar rolstoel op dievenpad. Drie keer raden wat ze pikte.'

'Sieraden?' vroeg Tim afwezig.

'Schoenen!' Marscha grinnikte. 'Toen de politie huiszoeking deed, vonden ze er nog een paar honderd.'

Ik gaf haar een schop onder tafel. Als Tim in de problemen zat, moest je daar geen grappen over maken.

'Nou moe,' pruttelde Marscha.

'Maak je niet druk.' Ik legde mijn hand op de arm van Tim. 'Er is vast een simpele verklaring voor Merels gedrag.'

'Denk je?' Hij keek me zo dankbaar aan, dat ik ervan ging blozen.

**Problemen met je lijf,
je lover of je ouders?
Vraag Manja om raad!**
(Ook anonieme brieven
worden beantwoord)

Lieve Manja,
T. uit mijn klas kan prachtig tekenen en hij is superaardig. Ik dénk dat
ik misschien verliefd op hem ben, maar ik weet het niet zeker. Hoe
kom ik erachter?
Twijfelhartje

Lief twijfelhartje,
Als je verliefd op iemand bent, draait de hele wereld alleen nog maar
om hem. Je kunt nergens anders aan denken. Je hebt maar één doel:
bij hém zijn. Als hij er niet is, voel je je doodongelukkig. Sommige
meiden kunnen zelfs amper meer eten. Wordt je liefde beantwoord
en kunnen jullie samen zijn, dan spat het geluk juist van je af. Ver-
liefde mensen dragen altijd een gelukzalig waasje om zich heen.
Krijg je trillende benen en gaat je hart sneller kloppen zodra je hem
ziet? Dan heeft Cupido raak geschoten. Verliefdheid is zo'n overwel-
digend gevoel, dat je het moeilijk kunt missen. Als je twijfelt, ben je
waarschijnlijk niet verliefd. Maar dit kan altijd nog veranderen. Ver-
liefdheid slaat soms in als een bom.
Hartelijke groetjes van Manja

Dikke muggen en vliegende schotels

'Waar bleven jullie?' foeterde Safira. 'Ik moet hier ook altijd alles alleen doen.'
'Sorry.' Ik begon snel het aanrecht leeg te halen.
'Heeft oom Rien het nog niet verteld?' vroeg Marscha. 'We gaan een feestdag in DST organiseren, met als thema aardbeien.'
'En jullie komen regelrecht van de boer vandaan en daarom zijn jullie zo laat?' Safira schepte driftig een roze massa om en om in een bak.
'We gaan ze niet plukken, alleen opeten.' Marscha haalde een glas met een voetje uit de kast en zette het als zoenoffer voor Safira neer. 'Wie kan in drie minuten de meeste aardbeien op? Wedden dat ik win?'
Safira vulde het glas en gaf het aan Marscha. 'Garnalencocktail voor tafel zes in een halve minuut. Wedden dat je anders de keuken mag dweilen?'
Marscha was al weg.
Stanley kwam binnen en prikte een bestelling op het daarvoor bestemde bord.
'We moesten je de groeten doen van je tante,' zei ik.
'Tante Ka, abacadabra.' Stanley zwaaide zijn wijsvinger als een toverstokje door de lucht.
Mijn Florence Nigthingale-gevoel was nog niet helemaal over. 'Ze vindt dat je veel te weinig langskomt.'
'Ik kijk wel link uit. Voor hetzelfde geld verandert ze me in een wrattige pad.' Stanley speelde dat hij in een spiegel keek en vreselijk schrok. 'Oh nee, het is al gebeurd!'
Het begon al een beetje te wennen dat hij grapjes over zijn puistjes maakte.

'We hebben ons scheel betaald aan die tante van jou.' Ik keek met allebei mijn ogen naar het puntje van mijn neus.

Stanleys mond krulde. 'Dan is ze toch nog niet zo gek als ik dacht.'

's Middags zat de voltallige feestcommissie bij DST. Alleen Marscha stond, achter de stoel van Marie-Fleur. Niemand lette op haar, behalve Daan natuurlijk.

Said en Tim lieten de flyer zien, die ze samen ontworpen hadden.

Beleef het mee in DST: Smashing Strawberry Day!
Boordevol actie, avontuur en aardbeien!
Zaterdag 6 augustus 10-18 uur. Be there!

Er stond een tekening bij van een aardbeiengezinnetje. Vooral moeder aardbei zag er grappig uit in haar bikini.

'Zijn tekst.' Tim gebaarde naar Said alsof hij een auto aanprees.

'Maar dat vette plaatje is van mijn maatje.' Said gaf Tim een enthousiaste dreun op zijn rug.

'Een meesterwerk,' zei ik. 'Vind je ook niet, Daan?'

Nu moest hij wel van Marscha naar de flyer zappen.

Pfff, de kust was veilig. Marscha ging meteen met haar hand naar het hoofd van Marie-Fleur. Nog dertig centimeter. Nog twintig.

'Bij ons op zolder liggen een heleboel oude lakens,' zei Marie-Fleur nietsvermoedend. 'Daar kunnen we een groot spandoek van maken om aan de balustrade van het terras te hangen, net als toen met...'

Nog tien centimeter. Ik vergat te ademen.

'...het optreden van Luuk Londema.' Marie-Fleur draaide zich om, zodat ze Marscha aan kon kijken.

Pets!

'Ze slaat me!' gilde Marie-Fleur verontwaardigd.

Iedereen staarde Marscha verbouwereerd aan. Ai, hoe redde ze zich hier nou uit?

'Niet bewegen,' fluisterde ze. 'Hij zit er nog. Een grote, dikke mug.'

Daan krabde aan zijn oor. 'Er zijn hier helemaal geen muggen.'

'Een ander beest dan,' zei Marscha geïrriteerd. Ze klauwde haar vingers in het haar van Marie-Fleur en trok.

'Au!'

'Oeps. Maar ik heb hem!' Triomfantelijk hield Marscha haar duim en wijsvinger omhoog.

Ik was de enige die wist dat ze met 'hem' eigenlijk 'haar' bedoelde. Een blonde haar, voor in het liefdesdrankje van tante Ka.

'Even mijn handen wassen.' Marscha verdween naar de keuken.

'Ik... eh... ook,' zei ik.

Marscha wikkelde de haar van Marie-Fleur zorgvuldig in een plastic boterhamzakje en stopte het in haar tas. 'Zo, en nu nog eentje van Daan.'

'Niemand trapt voor de tweede keer in je muggentruc,' waarschuwde ik.

'Ja-ha, weet ik ook wel.' Ze schepte een handjevol aardbeien uit de fruitschaal.

'Afblijven.' Safira gaf haar een tik op haar vingers.

Er viel een aardbei op de tegelvloer.

'Attentie: puisten-kop en schotels!' Stanley duwde de deur met zijn heup open en kwam met een stapel vuile borden de keuken in.

Niet alleen op een bananenschil kon je uitglijden...

Zodra Stanley op de aardbei trapte, maakte hij een sliding, waarbij zijn armen omhoogschoten en de borden gelanceerd werden. Het was alsof ik naar een slapstickfilm keek. De borden zoefden door de keuken tot ze op de vloer kletterden. De scherven vlogen in het rond.

Weer ging de deur met het patrijspoortje open. Oom Rien

kwam tevoorschijn als een koekoek uit een klok. 'Wat gebeurt er?'

'Vliegende schotels,' zei ik. 'Ze zijn zojuist geland.'

Ik wist niet of Stanley om zijn eigen stunt of om mijn opmerking lachte.

Oom Rien zuchtte en Safira mopperde. Ik hielp Stanley met opruimen. Marscha pikte telkens een aardbei als Safira niet keek.

'Zou je ons niet helpen?' vroeg ik pissig.

'Ik ben hartstikke druk bezig,' antwoordde ze. 'Ik denk na.'

Glows recept van de week

Heerlijk voor warme zomerdagen:
Cool water (niet het parfum!)
met aardbeien

Wat heb je nodig?
350 gram aardbeien
2 ½ deciliter ijskoude melk
2 ½ deciliter ijskoud water
40 gram suiker

Hoe maak je het ?
Zoek een paar mooie aardbeien uit;
snijd ze in stukjes en leg ze apart.
Pureer de rest van de aardbeien
(staafmixer, blender) samen met
melk, water en suiker.
Zeef het mengsel.
Voeg de stukjes aardbeien toe.
Serveer in smalle hoge glazen.

Proost!

Bijna Brad Pitt

'Pjoe, pjoe.' Said tikte een ritme op de tafel.

'Hij is bezig met de aardbeienrap,' fluisterde Karin tegen Marscha en mij.

'Stil nou.' Said draaide aan zijn pet. 'Hè, nu ben ik de tekst kwijt.'

'Jullie kunnen beter op een rustig plekje gaan oefenen.' Marscha knipoogde naar me.

Karin knikte. 'Bij mij thuis worden we niet gestoord. Mijn ouders zijn met mijn broertje naar de Efteling.'

Said stond al voordat ze was uitgesproken. 'Alleen met mijn schat, dat lijkt me wel wat.'

'Rappen, niet zoenen,' waarschuwde ik.

'Heb je een schetsboek thuis?' vroeg Tim aan Karin. 'Dan kan ik wat ideetjes voor het spandoek op papier zetten.'

'En ondertussen die tortelduiven in de gaten houden,' zei ik.

'Komt in orde.' Tim klikte zijn hakken tegen elkaar en tikte tegen de zijkant van zijn hoofd.

Said verkocht hem een stomp. 'Je wordt bedankt, maat.'

'Graag gedaan.' Tim maakte een kleine buiging.

'Fay en ik zorgen weer voor de versieringen,' zei Marscha. 'Net als met het klassenfeest.'

'Ik help jullie mee.' Daan drukte zich op aan de leuningen.

'Welnee, jij haat winkelen.' Marscha duwde hem terug in zijn stoel. 'We hebben een andere taak voor jou en Marie-Fleur.'

'Een heel belangrijke.' Ik legde een stapel papier op tafel. 'Zouden jullie samen het draaiboek willen maken?'

Marie-Fleur keek alsof ik haar gevraagd had om naakt uit een taart te springen.

'Jullie zijn de enigen aan wie we dit durven toevertrouwen,' slijmde Marscha.

Ik gaf Marie-Fleur het briefje met de notulen van onze brainstormsessie. 'Jij hebt veel ervaring met feesten en recepties.' (Als ze weer eens een fuif op een luxe zeiljacht had gehad, moest de hele school dat dagenlang horen.)

Marscha gaf Daan een schouderklopje. 'En jij bent een expert in plannen.' (Hij maakte regelmatig roosters voor voetbaltoernooien.)

'Maar...' begonnen Daan en Marie-Fleur.

'Dat is dan geregeld,' zei Marscha.

We snelwandelden weg.

We fietsten naar het centrum en struinden daar de winkels af, op zoek naar geschikte versieringen. Ballonnen in de vorm van een aardbei. Snoeren met aardbeienlichtjes. Rode kaarsen die naar aardbeien geurden. Een opblaasbare aardbeientaart. Aardbeienthee. Aardbeienslingers. We schreven alles op wat we leuk vonden. Met de prijs erachter, zodat we later met oom Rien een begroting konden maken.

Toen we uit de Hema kwamen, bleef Marscha stokstijf staan.

Bij de kapper aan de overkant zat een meisje achter het raam. Haar haren werden geföhnd door een heupwiegende jongen met paarse stekeltjes.

'Merel?' zei Marscha ongelovig.

Welnee. Merel zou nooit gouden oorringen (zo groot als armbanden!) dragen of een diamantje in haar neusvleugel laten prikken. En ze zou zich ook nooit in zo'n superstrak topje snoeren. Dat ze nog adem kon halen!

'Echt niet,' zei ik.

Het meisje keek op. Het was Merel wel! Haar mond vormde het woordje 'hoi.'

'Hoooi,' riepen we terug.

'We gaan naar binnen,' zei Marscha stellig. 'Ik was toch al een nieuw kapsel van plan.'

'Wassen, andere coupe en drogen,' legde Marscha aan een piepjonge kapster uit.

Nou ja, kapster. Op haar leeftijd mocht je waarschijnlijk alleen haren opvegen en de telefoon aannemen.

'Als je daar even wilt wachten?' Ze wees naar een nepleren bank.

We schoven op de plakkerige kussens en bladerden in oude Glows. Zolang de föhn loeide, was praten met Merel toch onmogelijk.

Tien minuten later leken haar haren op een donzige wolk en kwam ze naast ons zitten. Ik kon mijn ogen niet van haar afhouden. Was dit de zus van Tim? Het leek alsof ze aan een metamorfose had meegedaan zoals die wel eens in Glow stonden. Met foto's van vóór en ná de kapper, visagist en kledingdeskundige.

'Jemig man,' zei Marscha. 'Je ziet er echt cool uit.'

'Vrouw,' zei ik, maar verder had Marscha helemaal gelijk.

Merel lachte met open mond. Ze had ook nog een piercing door haar tong.

'Deed dat niet zeer?' vroeg Marscha zwaar onder de indruk. (Zelf wilde ze graag een ringetje door haar wenkbrauw, maar ze durfde niet.)

'Nee, hoor. En het zoent heel lekker.' Zelfs Merels stem was veranderd, zelfverzekerder.

Marscha keek jaloers. 'Sinds wanneer heb jij een vriend?'

Het leek alsof Merel van binnenuit licht begon te geven. 'Hij heet Rutger en hij is zooo lief.' Ze aaide over haar topje. 'Hij vindt het leuk om dingen voor me te kopen.'

'Jemig man,' zei Marscha nog een keer en ze voelde aan Merels fonkelende neusdiamantje. 'Is hij miljonair of zo?'

Voor de kapperszaak stopte een BMW-cabrio, waar een jongen uitstapte.

Merel bloosde en stond op. 'Daar is hij net. Ik moet gaan.'

Marscha en ik stonden als vissen voor het raam naar adem te happen. Merels verkering was bijna Brad Pitt, alleen jonger. Hij droeg een hagelwit overhemd over een gebleekte spijkerbroek. Merel keek gelukzalig naar hem op toen hij zijn arm om haar heen sloeg.

Ik hoorde Marscha zuchten. 'Wat een stinkerd is die Merel. Wedden dat deze zelfs goed kan zoenen?'

Deze.

'Hij heet Rutger, hoor,' zei ik.

Marscha verzamelde jongens zoals sommige mensen plaatjes van voetballers spaarden. Straks ging ze Merel nog vragen of ze Rutger tegen Daan wilde ruilen!

PIERCINGS
Prachtig of pijnlijk?
Glow zet voor jou de feiten
op een rijtje

J/N?
Piercings zijn hot en hebben als
voordeel dat je ze kunt uitdoen
als je ze beu bent. Helaas is het
litteken dat de piercing achterlaat
wel permanent! Denk dus heel
goed na voordat je naar de piercingshop rent. Vind je een pier-
cing echt heel mooi staan? Of doe je het omdat het nu eenmaal in is
en je vriendinnen er ook eentje hebben?
Minimumleeftijd
Soms is dat 16 en soms 18 jaar, het wisselt per shop. Ben je nog geen
16, neem dan je ouders of voogd mee. Zij moeten toestemming geven. Het is gebruikelijk dat je een verklaring ondertekent (*informed
consent*) waarmee je aangeeft dat je op de hoogte bent van bepaalde risico's, zodat je die niet later op de piercingshop kunt verhalen.
Hoe herken ik een goede piercingshop?
Hij moet schoon, netjes en goed verlicht zijn. De instrumenten en
sieraden moeten steriel bewaard worden. Geven de mensen van de
shop je van tevoren voldoende informatie over wat je kunt verwach-
ten? Krijg je een nazorgformulier mee? Als jij er dan ook nog een positief gevoel bij hebt, zit het waarschijnlijk wel snor.
Hoe gaat het?
De huid rond de te piercen plek wordt met ontsmettingsmiddel
schoongemaakt. Er wordt op je lijf getekend waar de piercing moet
komen. Met een scherpe holle naald wordt een gaatje geprikt. Het
sieraad wordt in de naald geplaatst en met de naald door het gaatje
gehaald.

Au?

Iedereen heeft een andere pijngrens, dus dit is moeilijk te beoordelen. Ook maakt het uit op welke plaats je de piercing laat zetten. Je ene lichaamsdeel is gevoeliger dan het andere. Houd daar rekening mee als je kleinzerig bent aangelegd!

Verzorging

Onderschat de wond rond je piercing niet! Deze is nog geruime tijd gevoelig voor infecties. Je lijf moet een soort tunneltje van weefsel rondom de piercing gaan bouwen. Raak je piercing niet aan, tenzij je je handen eerst met antibacteriële zeep hebt gewassen. Reinig je piercing twee keer per dag en probeer hem verder droog te houden. Het is onverstandig om naar het zwembad of de sauna te gaan. Ook uitgebreid zonnen is vragen om moeilijkheden. De duur van de genezing verschilt per persoon. Je tong zal waarschijnlijk eerder herstellen dan je navel of je oren. Daarna volgt de verstevigingsperiode, die 1 tot 3 maanden duurt. Als je je sieraad nu langere tijd uit zou doen, kan het gaatje alsnog dichtgroeien.

Help, infectie!

Gaat het ondanks alle voorzorgen toch nog mis? Laat je sieraad zitten. Bij verwijdering gaat de wond dicht en kan de infectie er niet meer uit. Gebruik paracetamol en ga snel terug naar de piercingshop of naar je huisarts.

Haar

Marscha zat op de kappersstoel en kreeg een plastic cape om zich heen.

'Zeg maar Gonnie,' zei de kapster, die té blond, té bruin en té opgemaakt was.

Ik hoopte dat ze beter kon knippen dan dat ze eruitzag.

'Weet je het zeker?' vroeg ik aan Marscha.

'Meid, maak je niet druk.' Gonnie glimlachte met té veel tandvlees en pakte een haarlok tussen duim en wijsvinger. 'Je vriendin gaat er waanzinnig mooi uitzien.'

De jongen met de paarse stekels sprayde een halve bus haarlak over het kapsel (coupe Beatrix, hurricane-proof) van een vrouw heen. De lucht sloeg op mijn adem.

'Ik wacht buiten,' zei ik. 'Bel ik ondertussen naar Tim, hij zal hartstikke opgelucht zijn dat Merel niks heeft gestolen.'

Behalve het hart van een miljonair dan.

Marscha schoof met haar voet haar tas naar me toe, zodat ik haar mobieltje kon pakken. 'Stuur Daan ook meteen een sms'je. Dat ik bij de kapper zit en dat hij niet op me hoeft te wachten.'

We fietsten naar huis.

Ik moest telkens naar Marscha kijken. 'Jemig, je lijkt niet meer.'

'In elk geval ook niet meer op Marie-Fleur,' zei ze snibbig.

Nee, die had geen stekels bovenop en een matje vanachter.

Toen we het Kruidvat passeerden, trapte Marscha op de rem.

'Hou mijn fiets even vast. Ik moet iets kopen.'

'Een pet?' vroeg ik.

Maar ze kwam terug met haarverf nummer 33: vlammend rood.

'Nee!' riep ik. 'Dat mag nooit van je moeder.'

'En daarom gaan we nu naar jouw huis.' Marscha nam het stuur weer van mij over en stapte op haar fiets. 'Als mijn haar eenmaal geverfd is, kan ze er niks meer aan veranderen.'

'Wel!' Ik reed achter haar aan. 'Ze kan je laten kaalscheren!'

Het voelde alsof we iets gingen doen wat niet mocht. Ik draaide de deur van mijn kamer op slot zodat we niet gestoord konden worden.

Marscha zat op mijn bureaustoel. Ik drapeerde een oude handdoek om haar schouders en vroeg: 'Weet je het zeker?'

Ze wist het zeker. Ik trok de plastic handschoenen aan, vulde het flesje met de crème uit de tube en schudde ermee tot ik een lamme arm kreeg.

'Als je blond haar rood verft, kán het groen worden,' zei ik.

Ze maakte een ongeduldig gebaar.

Nou ja, dan moest ze het zelf maar weten. Ik begon geconcentreerd paarse verfstreepjes op haar hoofd te spuiten...

Een roffel op de deur.

'Daan staat beneden op je te wachten!' riep mijn zus Evi.

'Daan? Wat doet die nou hier?' piepte Marscha benauwd. Ze droeg inmiddels een soort paarse badmuts van verf; het goedje moest een halfuurtje intrekken.

'Kan-ie boven komen?' Evi morrelde aan de klink.

'Hij mag me zo niet zien.' Marscha's ogen vlogen paniekerig alle kanten op.

Ik zag het probleem niet; met een beetje geluk maakte hij het meteen uit.

Marscha keek verlangend naar mijn manshoge kledingkast. Een prima verstopplek, zag ik haar denken.

'Dacht het niet,' zei ik. 'Je geeft af.'

'Kom maar naar boven, hoor, Daan!' gilde Evi. 'Als ze toch geen antwoord geeft,' mompelde ze erachteraan.

'Neee!' Marscha was bijna in staat om uit het raam te springen.

Ik maakte bliksemsnel de deur open en zag Evi net haar eigen kamer in schieten.

'Badkamer!' Ik duwde Marscha de goede kant op.

'Niet zeggen dat ik er ben,' fluisterde ze.

Op de trap klonken voetstappen. Ik spurtte mijn kamer weer in en haalde Tammy uit Het Rattenpaleis. Plof, op het bed. Tammy in mijn hals. Hoezo stresssituatie? Ik was heel ontspannen met mijn rat aan het spelen.

'Fay?' klonk Daans stem van de overloop.

'Hier ben ik!' Pompidompidom.

Daans billen waren niet zo gevoelig als zijn oren. Toen hij ging zitten, merkte hij niet dat de stoel nog warm van Marscha was.

'Leuk beestje.'

'Ze heet Tammy. Je mag haar wel even vasthouden.'

Daan nam haar van me over, zette haar op zijn schouder en kriebelde haar vacht.

'Wil je wat drinken?' vroeg ik.

Hij schudde zwijgend zijn hoofd. Tammy maakte tevreden knarsgeluidjes met haar tanden. Zo zaten we een paar minuten.

'Denk je dat Marscha het uit wil maken?' zei Daan plotseling keihard.

Tammy schrok zo van de uitbarsting, dat ze meteen via Daans arm naar zijn been roetsjte en op mijn donkerblauwe vloerbedekking sprong.

'Doe eens rustig,' mopperde ik tegen Daan.

'Het spijt me.' Hij praatte nu op fluistervolume. 'Maar ik weet niet meer wat ik moet doen, Fay. Het is net of Marscha me ontloopt. En als we elkaar zien, is er altijd iemand van de feest-

56

commissie bij. We zijn nooit meer alleen. En nu dacht ik, jij bent haar beste vriendin...'

Maar niet haar slavin.

'Kun jij niet eens met haar praten?' Daan keek me met smekende puppy-ogen aan.

'Je moet het aan haar zelf vragen, hoor,' zei ik streng. 'Dit is iets tussen jullie tweeën.'

Hij woelde met zijn handen door zijn bruine haren. Ik zag dat er eentje op zijn Ajax-shirt plakte.

'Zou ze al terug zijn van de kapper?' vroeg hij sip.

'Weet ik het?' Ik plukte de haar van zijn schouder. 'Pluisje.'

Daan stond op en zuchtte. 'Dan ga ik maar.'

'Zijn jullie eigenlijk al ver met het draaiboek?' vroeg ik.

'Best wel.'

'Marie-Fleur is aardig, hè?' Hint, hint.

'Aardig verwaand, ja.' Met slome passen verliet hij mijn kamer.

Problemen met je lijf, je lover of je ouders? Vraag Manja om raad!

(Ook anonieme brieven worden beantwoord)

Lieve Manja,

Jongens komen vaak naar me toe als ze problemen met hun vriendin hebben. Ze vragen me om raad, terwijl ik zelf niet eens ervaring in de liefde heb. Eerst voelde ik me nog wel gevleid, maar de laatste tijd krijg ik er steeds meer de balen van. Waarom moet het altijd over die andere meiden gaan en nooit eens over mij? Hoe kan ik ervoor zorgen dat het tot die jongens doordringt dat ik niet één van hen ben, maar een meisje?
Girly

Lieve Girly,

Ik kan me voorstellen dat je hier gefrustreerd door raakt. Het is prima om anderen te helpen, maar het moet niet ten koste van jezelf gaan. Zeg de volgende keer tegen zo'n jongen: 'Ik vind het echt heel sneu voor je dat je problemen met je vriendin hebt, maar ik heb geen zin om ernaar te luisteren.' Maak hem erop attent dat je geen welzijnswerker bent, en ook niet zijn moeder! Misschien zullen de jongens er even aan moeten wennen, maar uiteindelijk zullen ze het leuk vinden dat jij voor jezelf opkomt. Zo laat je zien dat je karakter hebt en dat maakt je vanzelf interessanter voor het andere geslacht. Girlpower!
Manja
P.S. In hoge nood kun je ze altijd nog doorverwijzen naar Lieve Manja

Het rode gevaar

Marscha stond onder de douche en zag er afgrijselijk uit. Alsof een seriemoordenaar haar zojuist met een mes had toegetakeld. Over de glazen wanden van de douchecel liepen rode strepen, en ook Marscha's schouders en gezicht zaten onder het bloed.
Nou ja, haarverf natuurlijk.
'Hij is weg,' zei ik.
'Gelukkig!' Marscha tilde de douchekop van de haak. 'Wat kwam hij nou doen?'
'Over zijn liefdesproblemen praten.'
'Oeps.' Ze probeerde schuldbewust te kijken, wat niet echt lukte.
'En hij heeft nog wat achtergelaten.' Toen ik de haar aan Marscha liet zien, begon ze van opwinding keihard te gillen.
Ze kan zo meedoen in een horrorfilm, dacht ik. Wat betreft beeld én geluid.

Marscha had zich afgedroogd, aangekleed, haar haren geföhnd en er een halve pot van míjn wax ingesmeerd.
'Wauw.' Ik moest mijn ogen tot spleetjes knijpen.
Marscha's haar was fluorescerend rood. Bijna oranje. Ik zou eruitzien als een clown, maar haar stond het fantastisch.
'Is het niet té?' Ze keek weifelend in de spiegel.
'Té gek,' antwoordde ik.
'Echt?'
'Echt!'

'Dus morgen gaan we meteen naar tante Ka.' Marscha bond haar tas achter op de bagagedrager. De bruine haar van Daan had ze veilig opgeborgen, in het plastic zakje bij de blonde haar van Marie-Fleur.

'Dag!' Ze denderde met haar fiets de stoep af.

'Bel even als je huisarrest krijgt!' riep ik haar na.

Ze stak haar arm op om duidelijk te maken dat ze me gehoord had.

Mijn moeder kwam net van de andere kant aanlopen met een volle boodschappentas. 'Ken ik dat meisje?'

Nog maar vijftien jaar of zo.

'Mam, dat is Marscha,' antwoordde ik vermoeid.

'Marscha?' Mijn moeder greep naar haar borst. 'Wat heeft ze met haar prachtige haar gedaan?'

'Gewoon.'

'Gewoon?' Mijn moeder zette haar hand in haar zij en keek me streng aan. 'Als jij ooit zoiets uithaalt...'

Alsof ik zou durven.

Marscha kreeg geen straf.

'Mijn moeder vond het wel apart,' zei ze de volgende dag. 'En mijn vader is nog steeds niet uitgelachen.'

Zou tante Ka haar nog wel herkennen? We stonden weer voor het flatgebouw en ik zocht nu naar een schroefoogje boven de deur. Maar ook zo'n klein cameraatje kon ik niet vinden.

Trrrr.

Zodra we binnen waren, kreeg ik toch weer kriebels in mijn buik. Al was het alleen maar omdat we vijftien euro gingen weggooien. Op de galerij peuterde Marscha het plastic zakje uit haar tas en droeg het als een kostbaar kleinood voor zich uit.

De gordijnen waren weer dicht en de deur stond weer op een kier.

'Tante Ka!' riep Marscha.

Iemand rochelde.

'Dat is ze,' fluisterde ik.

'Wie zou het anders moeten zijn?' riep tante Ka.

Shit, ik wist niet dat je ook een derde óór kon hebben.

We stapten over de drempel, de door kaarsen verlichte kamer in.

'Jullie hebben de haren bij je,' zei tante Ka. Het was geen vraag, maar een mededeling.

Marscha legde het zakje in de grote hand.

'Wacht hier maar even.' Tante Ka scharrelde naar de keuken.

Marscha en ik keken elkaar teleurgesteld aan. We hadden graag gezien hoe je een liefdesdrankje brouwt. Onwennig gingen we op de kussens zitten en spitsten onze oren. Ik wist niet wat ik precies verwachtte. Rare luchtjes, borrelende geluiden, rook misschien.

Pling! klonk het vanuit de keuken.

Ik had het vast niet goed gehoord. 'Dat is toch het geluid van een magnetron?' Een explosie had ik minder gek gevonden.

'Zeker een moderne heks.' Marscha lachte zenuwachtig.

'Het is gereed.' Tante Ka stond ineens weer in de kamer en boorde met haar ogen gaten in onze schedels. Het kleine flesje was haast onzichtbaar in haar grote hand. Moesten we daar vijftien euro voor betalen?

'Je hebt maar twee druppels nodig, eentje voor hem en eentje voor haar.' Tante Ka nam het geld in ontvangst. 'Je kunt het oplossen in koffie of frisdrank.'

'Dank u wel.' Marscha stopte het flesje in haar tas.

We liepen samen in de richting van de hal.

'Wacht.' Tante Ka keek omhoog, alsof daarboven iemand woonde die haar kon helpen. 'Ik krijg een boodschap door.'

Ze had het vast niet over een pak koffie of over rollen wc-papier.

Haar stem veranderde, hij werd lager en langzamer. 'Een boodschap voor jou.' Haar vinger priemde in de richting van Marscha. Armbanden rinkelden en de ogen van tante Ka rolden vervaarlijk in hun kassen. Ik kreeg kippenvel over mijn hele lijf.

'Pas op voor het rode gevaar!' zei tante Ka dreigend.

Het was als een startschot. Marscha en ik renden de flat uit.

Dvd van de maand

PSYCHO
Alfred Hitchcock

Zonder rondvliegende lichaamsdelen en andere special effects toch een meester- lijke horrorfilm maken? Deze film (uit 1960!) bewijst dat het kan. Janet Leigh (gespeeld door Vera Miles) strandt door een kapotte auto bij een afgelegen mo- tel. Dubbele pech! De eigenaar blijkt de psychisch gestoorde Norman Bates te zijn (een glansrol van Anthony Perkins). De film is beroemd gewor- den door de 45 seconden durende douchescène, waarin Janet wordt vermoord. Hitchcock suggereert meer dan dat hij echt laat zien. Hij gebruikte shots van bijvoorbeeld een doucheputje, een oog en de flits van een mes. Toch is de spanning om te snijden. Alleen al van de achtergrondmuziek (gillende violen) krijg je kippenvel. Waar- schuwing voor angsthazen: na deze film durf je nooit meer in je een- tje de badkamer in!

Glows oordeel: ****

Cabrio

'Mij zien ze daar dus nooit meer terug,' zei ik, toen we weer bij onze fietsen stonden. 'Dat mens is eng!'
Marscha zag witjes onder haar rode haar. 'Het is vast onzin.'
Maar waarom was ik dan niet gerust?
Op weg naar DST somden we allerlei mogelijke gevaren op. Overreden worden door een rode auto. Een vallende dakpan op je kop krijgen. Je verslikken in een tomaat.
'Kun je van rode haarverf kanker krijgen?' Marscha voelde bezorgd aan het matje in haar hals.
'Nee, joh,' suste ik. 'Hoogstens zere ogen.'

Zodra we bij DST aankwamen, vergaten we het rode gevaar. Tim zat met een begrafenisgezicht op het terras, met de overige leden van de feestcommissie om zich heen. Niemand reageerde op Marscha's nieuwe look.
'Is er iemand dood?' vroeg ik.
'Merel is weggelopen,' zei Said meteen.
'Misschien heeft Merel vannacht wel op straat geslapen.' Karins fantasie was weer eens op hol geslagen. 'Tussen de zwervers.'
'Ja hoor, en nu is ze verslaafd aan whisky en heroïne.' Ik hurkte naast de stoel van Tim. 'Ze is vast bij Rutger.'
'Rutger?' Daan wreef over zijn oor.
'Een lekker ding dat het is!' Marscha natuurlijk.
Daan werd groener en groener van jaloezie toen ze vertelde van de ontmoeting bij de kapper.
'Je haar!' riep Marie-Fleur ontzet.
Hèhè.

Stanley kwam net met zijn dienblad voorbij. 'Ik vind het wel geinig,' zei hij met een blik op Marscha.

'We hebben nu wel even belangrijkere zaken aan ons hoofd.' Belachelijk, waarom snauwde ik hem zo af?

Stanley werd niet eens boos en vroeg lief: 'Kan ik soms ergens mee helpen?'

Ik kon mezelf wel wat doen.

'Merel heeft geen hulp nodig, hoor.' Marscha maakte een wegwerpgebaar. 'Haar vriend is niet alleen aardig maar ook nog rijk en hij geeft haar gave cadeautjes. Ik heb haar nog nooit zo gelukkig gezien.'

Daan keek alsof hij ieder woordje goed in zijn grote oren knoopte. Tim frummelde aan de lakens die op de tafel lagen. Ze leken nog hagelnieuw, Marie-Fleur had ze zeker van thuis meegenomen.

Stanley deed zijn mond open, keek naar Tim, en deed zijn mond weer dicht. 'Moeten jullie Safira niet gaan helpen?' vroeg hij toen aan Marscha en mij.

Poepoe, alsof hij oom Rien himself was. Ik deed net alsof ik hem niet had gehoord.

'Heb je al geprobeerd om Merel te bellen?' vroeg ik aan Tim.

'Ze neemt niet op, ik krijg telkens haar voice-mail.' Tim kreunde. 'Wist ik maar waar die Rutger woont.'

Ik gaf hem een geruststellend klopje op zijn knie. 'Vandaag of morgen belt ze zelf wel.'

'Je hebt afleiding nodig.' Marscha smeekte ons met haar ogen om hulp.

'Het spandoek?' stelde ik voor.

Said zette zijn pet af en weer op. 'Goed plan, man, want weet je, een beetje spuiten en je vergeet het.'

'Vooruit dan maar.' Tim stond op.

'Fay, Marscha.' Stanley gebaarde ongeduldig van ons naar de deuropening van DST.

'Ja, ja,' mompelde ik.
'Ik vind je haar ook geinig!' riep Daan Marscha na.

Zodra we binnen waren, deed Stanley vreselijk geheimzinnig. Hij ging achter de bar staan en wenkte ons. 'Ik moet dringend met jullie praten.'
Wat kon er zo belangrijk zijn? Ging hij ons een middel tegen jeugdpuistjes vragen?
'Ik denk dat die Rutger een loverboy is,' fluisterde Stanley.
Marscha knikte enthousiast. 'Het is één en al love tussen die twee!'
'Sssst.' Stanley wierp een blik op de deur. 'Loverboys zijn heel foute jongens. Als ik gelijk heb, loopt Merel groot gevaar.'
Nog meer gevaar. De haartjes in mijn nek gingen overeind staan. Ik stond hier wel met de neef van tante Ka.
'Een loverboy kiest een meisje uit en overlaadt haar met aandacht en cadeautjes,' zei Stanley zacht. 'Hij doet er alles aan om het haar naar de zin te maken, zodat ze vreselijk verliefd op hem wordt.'
'Daar is toch niks mis mee?' Marscha krabde aan haar enkel.
'Wel als ze zo afhankelijk van hem wordt dat ze alles doet wat hij zegt.' Stanley blies het ponyhaar uit zijn ogen. 'Dan kan hij haar dwingen om met anderen seks te hebben. Loverboys doen dat.'
'Gatver!' riep Marscha.
Ik kreeg een zure smaak in mijn mond. 'Waarom vertel je dit aan ons, en niet aan Tim? Het is zíjn zus.'
'En als ik het mis heb?' Stanley schudde zijn hoofd. 'We moeten het eerst zeker weten.'
'Maar hoe komen we erachter?' Marscha zoog haar wangen naar binnen en liet ze toen weer terugploppen. 'We weten niks van die jongen. Alleen dat hij een bordeauxrode BMW-cabrio heeft en Rutger heet.'

'Een bordeauxrode BMW-cabrio,' herhaalde Stanley. 'Dat is tenminste een aanknopingspunt. Zoveel zijn er daar niet van, en hij parkeert hem vast in de buurt waar hij woont.'

Ik dacht aan een speld in een hooiberg.

Stanley aan zijn scooter. 'Ik ga vanavond een beetje rondrijden, de straten afspeuren.'

Hij kende Tim amper! Mijn Florence Nightingale-gevoel borrelde weer op.

Marscha wreef over haar kin. 'Is het niet beter als Fay en ik met je meegaan? Jij weet niet hoe Rutger eruitziet.'

'Er kan er maar eentje achterop,' zei Stanley.

Ik zag Marscha al op de scooter zitten, haar armen om zijn middel geklemd. Ik wist niet waarom, maar dat idee scheen ineens onverdraaglijk.

'Ik ga wel mee,' flapte ik eruit.

Problemen met je lijf, je lover of je ouders? Vraag Manja om raad!
(Ook anonieme brieven worden beantwoord)

Lieve Manja,
De laatste tijd werken mijn hersens langzamer dan mijn mond. Ik zeg 'ja' tegen dingen die ik eigenlijk niet durf en dan is het te laat om ze nog terug te draaien. Of ik snauw ineens tegen iemand, terwijl ik zelf niet weet waarom. Ook verspreek ik mezelf soms. Dan denk ik bijvoorbeeld dat ik 'sukkel' zeg, maar uit mijn mond komt het woord 'pukkel'. Ik ben bang dat er iets mis is in mijn hoofd. Zou het kunnen dat ik een hersenschudding heb of zo? (Ik ben niet gevallen, heb mijn hoofd niet gestoten en heb ook geen ongeluk gehad.)
Een bezorgde schorpioen (15 jaar)

Bezorgde schorpioen,
Het is heel normaal dat je last van stemmingswisselingen hebt en dus sneller iemand afsnauwt. Dat hoort nu eenmaal bij de puberteit. Je verandert niet alleen aan de buitenkant maar ook vanbinnen. En verspreken doen we ons allemaal wel eens. Probeer je wat minder druk te maken en wat meer te genieten. Als er iets misgaat, zeg je gewoon 'sorry'. Je kunt het ook als een positief teken zien dat je dingen aangaat die je eigenlijk niet goed durft! Als je geslachtshormonen over een tijdje tot rust zijn gekomen, ben je vast minder snel in de war.
Een hersenschudding krijg je alleen na een klap/val op je hoofd. Het kan zijn dat je even flauwvalt. Veel mensen voelen zich misselijk en moeten braken. Soms is er ook sprake van geheugenverlies. Wat jij beschrijft, heeft daar dus niets mee te maken.
Manja

Lovepotion no. 1

Aan de balustrade van het terras hing een spandoek van twee bij drie meter.

'Meneer van Montfoort heeft de lakens aan elkaar genaaid,' zei Marie-Fleur trots.

We waren vast de enige feestcommissie mét butler.

Said zette een hoge keukentrap voor het doek en sprong als een kangoeroe op de onderste tree, net zo lang tot de poten niet meer verder in het zand zakten. 'Vast als een huis, maat, ook als je erop staat,' rapte hij tevreden.

Met een spuitbus rode verf klom Tim naar boven. Psssjt. Op het doek verscheen de omtrek van een aardbei.

'Zal ik helpen?' vroeg Karin.

'Neee!' riepen we allemaal.

Toen ze met tekenles een schilderij moest maken, zat er veel meer verf op Karin dan op het doek.

'Nou moe,' zei ze gepikeerd.

'Jouw talent ligt meer in de promotionele sfeer, schatje,' suste Said. 'Vraag jij maar aan Gijs of hij zaterdag een reportage komt maken.'

Gijs was haar neef en werkte bij de krant.

Oom Rien keek vanaf het terras op onze hoofden neer. Zodra Marscha naar hem zwaaide, zong hij vrolijk: 'Meisjes met rode haren, die kunnen kussen, dat is niet mis.'

Ik zweer het: bij het woord 'kussen' begon Daan met zijn hoofd te wiebelen!

Marie-Fleur en Daan maakten het draaiboek af en bespraken het daarna met oom Rien. Stanley en ik brachten thee, koffie en broodjes naar het terras. Het flitste telkens door me heen: vanavond, met zijn tweeën op de scooter. Ik wist nu al dat ik met mijn mond vol tanden zou staan... ehm... zitten. Maar misschien maakte een scooter wel zo veel lawaai dat we niet kónden praten. Hoopte ik.

Marscha hielp in de keuken, voornamelijk met het leegeten van de schaal aardbeien. 'Ik moet toch oefenen?' zei ze tegen Safira, toen die haar betrapte.

Ik nam een garnalencocktail en een portie bitterballen mee.

Stel je niet aan! dacht ik. We hebben geen afspraakje, we gaan Merel helpen.

Maar al foeterde ik nog zo hard op mezelf; de strandvlooien die in mijn buik rondsprongen, gingen niet weg.

'Vraag jij wat iedereen wil drinken?' vroeg Marscha toen ik weer in de keuken kwam. Ze knipperde veelbetekenend met haar ogen.

Oh ja. Ik was het bijna vergeten.

'IJsthee voor Tim. De anderen willen cola,' meldde ik even later.

Achter de bar schonken we de glazen in.

Marscha draaide het flesje met liefdesdrank open. 'Kijkt niemand?'

Niemand keek.

Heel voorzichtig druppelde ze wat lovepotion in twee glazen cola. 'Het lijken wel olievlekken,' overdreef ze.

Ik viste een plastic stampertje uit een aardewerk kom. Even roeren. 'Zo dan.'

'Zou het werken?' vroeg ze.

'Ik ga het niet uitproberen.' Ik legde mijn hand op Hardy, mijn peervormige borst. 'Stel je voor dat ik verliefd word op Marie-Fleur!'

70

Karin had Said met het instuderen van zijn danspassen geholpen. Ze kwamen met rode wangen uit de wc-ruimte.

'DST is een geweldig idee, want weet je,' rapte Said. 'De drank
is er cool en de meiden heet, yeah!' Hij deed een greep naar een
van de glazen waar het liefdesdrankje in zat.

'Wacht!' Marscha rukte het uit zijn hand.

Cola golfde over de rand en kletste op Saids trainingsjack.

'Kijk nou wat je doet, kluns.' Said pakte een doekje en begon
als een idioot te poetsen. Als het om zijn kleren ging, was hij
net zo erg als Marie-Fleur.

'Neem deze maar,' zei Marscha vlug en ze gaf hem een ander
glas. 'Deze is veel lekkerder.'

'Het komt toch allemaal uit dezelfde fles?' vroeg Karin met opgetrokken wenkbrauwen.

'Ja, eh...' Marscha schoof nerveus met de glazen.

Ik probeerde uit alle macht te onthouden welke mét en welke
zónder was.

'Ik heb deze op een speciale manier ingeschonken,' verzon Marscha eindelijk.

Said en Karin staarden haar aan alsof ze krankzinnig was geworden.

'Hier.' Ik hoopte maar dat ik Karin het juiste glas gaf. 'En als
jullie meteen de ijsthee even naar Tim willen brengen?'

'Shit,' fluisterde Marscha toen ze buiten gehoorsafstand waren.
'Dat was op het nippertje.'

We brachten samen de cola met lovepotion naar Daan en Marie-Fleur. Als waakhonden gingen we naast hen staan, tot ze de
laatste druppel hadden opgedronken.

BEN JIJ KOOPZIEK?

Glow ging shoppen en
deed een ontdekking:

Koophonger

Je herkent het vast wel: als je
rond lunchtijd langs een bak-
kerszaak loopt, krijg je meteen
een hongergevoel. En niet alleen door de lekkere taartjes in
de etalage. Het is bewezen dat
vooral de geur van versgebak-
ken brood op je speekselklie-
ren werkt. Je kunt beter met

een volle maag boodschappen gaan doen. Dat doet minder pijn in je
portemonnee!

Stinkende zaakjes

Maar ook kledingzaken proberen met geuren je stemming te beïn-
vloeden. Met een elektrisch apparaatje verspreiden ze een bepaald
luchtje om het koopgedrag te stimuleren. Bepaalde afdelingen gebruiken geurende oliën om jou over de streep te trekken. Voor je het
weet, ben je erin gestonken en heb je dat veel te dure bloesje gekocht.

Be alert!

Sommige winkels produceren luchtjes om de werknemers te stimuleren. Lavendel en houtgeur zorgen voor een ontspannen werksfeer.
Bloemengeuren bevorderen juist de concentratie. Daardoor is het win-
kelpersoneel nog beter in staat om jou tot een aankoop te verleiden.

Tip van Glow

Eigenlijk zou je voortaan met een knijper op je neus moeten gaan
winkelen. Want shoppen: daar zit soms een luchtje aan!

Verliefd

Strawberryday in DST! De letters sprongen van het spandoek af. Tim had de aardbei een snorkel, een duikbril en zwemvliezen aangetrokken.

'Vet cool,' vonden we allemaal.

Oom Rien gaf ons zijn pinpas en een ellenlange boodschappenlijst. We besloten met de voltallige feestcommissie versieringen te gaan kopen en zakten af naar het strand.

'Hie-ha!' Karin sprong bij Said op zijn rug en gaf hem een klap op zijn kont.

'Au schatje, denk om mijn gatje.' Said steigerde en galoppeerde vervolgens met haar weg.

'Kinderen,' zei Marie-Fleur hoofdschuddend alsof ze zelf al hoogbejaard was.

Daan wrong zich tussen haar en Marscha in. Zodra hij zijn arm om Marscha's schouder wilde leggen, bukte ze om haar schoenen uit te doen. Een smoesje natuurlijk.

'Fay?' Op blote voeten kwam ze naar me toe. 'Net doen of we een intiem gesprek voeren,' fluisterde ze.

'Doen we toch ook?'

'Lopen ze naast elkaar?'

Ik keek over haar schouder naar Daan en Marie-Fleur. 'Ze praten zelfs met elkaar.'

'Yes!' Marscha applaudisseerde met haar sandalen. 'Dat liefdesdrankje werkt, wedden?'

Ik was er nog niet zo zeker van. Toen we op de boulevard onze fietsten hadden gepakt, ging Daan meteen naast Marscha rijden.

Het kostte veel tijd om met zes mensen inkopen te doen. Said kon niet voorbij een cd-winkel lopen zonder naar binnen te schieten, Marscha moest alle rode dingen even aanraken en Tim stopte drie keer bij een café omdat hij dacht dat hij Merel zag zitten. In de etalage van Hunkemöller hing een bikini met aardbeienprint.

'Die wil ik passen!' riep Marie-Fleur opgewonden. 'Hij is perfect voor de aardbeienkoninginverkiezing.'

Daan ging op het krukje bij de paskamers zitten. 'We hebben nog iemand nodig die kan jureren.'

Said bood zich meteen aan.

'Iemand met kennis van zaken,' zei ik.

Said stak zijn borst hanig vooruit. 'Ik heb hartstikke veel verstand van mooie meiden.'

Karin vuurde met haar ogen een paar laserstralen op hem af.

Said legde vlug zijn arm om haar heen. 'Je hebt gelijk, ik heb het natuurlijk al veel te druk met mijn optreden.'

'Zou jouw moeder het niet willen doen?' vroeg ik aan Marscha. 'Die is vroeger toch miss Zuid-Holland geweest?'

Ze knikte. 'Ergens in de Middeleeuwen, ja. Maar ik kan het wel vragen.'

Marie-Fleur schoof het gordijntje opzij. Het schelle licht van een paskamer veranderde mij altijd in een pokdalige pad, maar zíj had een pindakaaskleurig babyhuidje.

'Je lijkt wel een fotomodel.' Marscha stootte Daan aan. 'Vind je ook niet?'

'Best wel.' Het klonk nog niet echt superverliefd.

Het leek alsof we een hele feestwinkel hadden leeg gekocht. Onze bagagedragers kreunden onder het gewicht en onze sturen hingen vol.

Nog voor ze goed en wel was opgestapt, kukelde Karin al van haar fiets.

'Ik ga lopen,' mopperde ze, terwijl ze haar knieën inspecteerde op schaafwonden. 'Voor ik verongeluk.'

'Kunnen we onze spullen niet beter ergens stallen?' opperde Marscha. 'Dan vraag ik aan mijn moeder of ze morgen alles met de jeep naar DST brengt.'

Ik woonde het dichtst bij van iedereen. 'Het kan wel op mijn kamer,' zei ik.

Marscha en ik legden een lading tassen op mijn bed. Said en Tim keken onwennig rond alsof ze nog nooit een meidenkamer hadden gezien en Daan hielp Karin een doos met aardbeien-slingers naar binnen te dragen. Marie-Fleur was de laatste die over de drempel stapte. Ze keek naar Het Rattenpaleis en slaakte een gilletje. Ze was, net als mijn moeder, doodsbang voor ratten. Marie-Fleur was de enige van de feestcommissie die Tammy nooit had durven vastpakken.

'Ze kan er niet uit,' stelde ik haar gerust. 'Tammy zit veilig achter het glas.'

Ik praatte tegen dovevrouwsoren. Marie-Fleur kon haar ogen niet van Het Rattenpaleis losscheuren. Ze ging er zelfs op af! Als een slaapwandelaarster liep ze naar de grote, glazen bak, knielde neer en bewoog haar hand naar het deksel.

'Wat doe jij nou?' Marscha viel bijna om van verbazing.

Het Rattenpaleis was nu dakloos.

In mijn hoofd speelden zich allerlei horrorscenario's af. Marie-Fleur zou in trance Tammy's nek kunnen omdraaien. Of mijn lieve rat uit pure angst aan haar staart kunnen rondslingeren. Of haar tegen de muur aan kunnen kwakken. Splash!

'Neeeeee!' wilde ik roepen, maar er kwam geen geluid uit mijn keel.

Marie-Fleur tilde Tammy uit de bak en toen...

Als ik er niet zelf bij was geweest, had ik het nooit geloofd. Haar gezicht werd heel zacht en ze fluisterde: 'Lieverd.'

Echt waar!

Ze kuste Tammy op haar neusje en streek met haar wang langs de glanzende vacht. 'Wat ben je mooooi.' Ze legde Tammy als een bontkraag rond haar hals en aaide haar zonder ophouden.

Iedereen stond aan de grond genageld en gaapte haar aan.

'Is er iets?' vroeg Marie-Fleur met een stem als stroop en op hol geslagen wimpers.

Ze is verliefd, dacht ik verbijsterd. Ze is helemaal hoteldebotel verliefd!

Ze verhuisde Tammy naar haar schoot. Op het boord van haar truitje bleef een rattenhaartje plakken.

Ineens snapte ik het.

Ik keek naar Daan. Zijn haren waren precies net zo bruin en steil als die van Tammy!

**Problemen met je lijf,
je lover of je ouders?
Vraag Manja om raad!**
(Ook anonieme brieven
worden beantwoord)

Lieve Manja,
Ik heb een soort van afspraak met een jongen van mijn werk en nu
ben ik vreselijk zenuwachtig. In gezelschap van mensen die ik niet
zo goed ken, klap ik namelijk altijd dicht. Mijn tong en mijn hersens
lijken verlamd en ik weet niet meer wat ik moet zeggen. Ik zou heel
graag wat spontaner willen zijn. Weet jij hoe ik mezelf kan veranderen?
F.M.

Lieve F.M.,
*Veel mensen voelen zich onzeker in vreemd gezelschap. Als je zelf
niet goed durft te praten, kun je vooral de ander het woord laten
doen. Vraag bijvoorbeeld naar iemands hobby en de kans is groot dat
hij of zij enthousiast begint te vertellen. Jij hoeft alleen nog af en toe
te knikken. Wedden dat ze je dan meteen aardig en geïnteresseerd
vinden? Mensen die onzeker zijn, spreken vaak zacht en worden
daardoor niet gehoord. Zeg het dan gerust nog een keer, maar wat
harder. En kies één persoon uit de groep om tegen te praten, dat is
minder eng. Forceer jezelf in elk geval niet, daar word je alleen maar
ongelukkiger van!*
Manja

Geen vriendje

Daan was geen probleem, die moest naar voetbaltraining. Maar het kostte wel heel veel moeite om Marie-Fleur mijn slaapkamer uit te krijgen.

'Mag ik hem echt niet meenemen?' vroeg ze met hartjes in haar ogen.

'Haar,' zei ik. 'Tammy is een meisje.'

'Ze mag toch wel een paar daagjes logeren?' Marie-Fleur klemde zich aan de deurpost vast.

'Da-hag!' riepen Marscha en ik.

Gelukkig namen de overige leden van de feestcommissie Marie-Fleur ten slotte mee. Ik draaide snel de sleutel om.

'Die is rijp voor een inrichting.' Marscha schoof de tassen opzij en plofte op mijn bed.

'En dat komt door mij.' Ik zette Tammy in haar paleisje en gaf haar weer een dak boven haar hoofd. 'Die haar in het liefdesdrankje... Ik dácht dat hij van Daan was, maar ik heb me vergist. Het was een haar van Tammy.'

De scharnieren van Marscha's kaken waren plotseling stuk. Toen gierde ze het uit. 'Dus we hebben vijftien euro betaald om Marscha aan een rat te koppelen?'

'Even Apeldoorn bellen,' zei ik.

Om acht uur zou Stanley me oppikken met zijn scooter. Om zeven uur had ik al minstens tien kledingcombinaties voor de spiegel uitgeprobeerd. Te wanhopig. Te saai. Te koud. De kleren die definitief waren afgekeurd, liet ik op de grond vallen. De twijfelgevallen gooide ik op mijn bed. Uiteindelijk volgde ik het kledingadvies van Glow en koos een jurkje dat mijn zwakke plekken (Laurel en Hardy) verdoezelde en mijn sterke kanten (ze zeggen dat ik mooie, lange benen heb) deed uitkomen.

Nog wat mascara en lipgloss.

Een roffel op de deur. 'Mag ik binnenkomen?'

'Nee,' antwoordde ik.

Evi stak haar hoofd al door de kier. 'Hallo, is je kleerkast ontploft?'

'Wat moet je?' Ik begon mijn kleren op te rapen en weer in de kast te proppen.

'Mag ik je gouden gelpen lenen?'

Ik haalde hem uit het kokertje op mijn bureau en wierp hem naar Evi. 'Hier, en nu wegwezen.'

Ze stak de pen achter haar oor. 'Ik wist niet dat je naar een feestje ging.'

'Ga ik ook niet.'

Ze fronste haar voorhoofd. 'Oooo!' riep ze toen. 'Ik snap het al. Je hebt een vriendje!'

'Doe niet zo idioot,' snauwde ik.

'Echt wel!' Ze grijnsde vals. 'Anders tut je je nooit zo op.'

Ik had net een gymp vast en smeet die naar haar hoofd. Ze trok zich bliksemsnel terug. Knal! De schoen landde tegen de dichte deur.

Ik was ineens chagrijnig. Evi had gelijk, het was belachelijk dat ik me zo voor Stanley uitsloofde. Met een ruk trok ik het jurkje over mijn hoofd en mikte het in de kast. Spijkerbroek, T-shirt. Gewoon was al gek genoeg.

Om één minuut voor zeven stopte er een scooter voor ons huis. Evi spurtte naar het raam. 'Zie je nou wel dat je een vriendje hebt!' riep ze triomfantelijk.

'Stanley is mijn collega, méns.' Ik griste mijn spijkerjasje van de stoel. 'Ik ga.'

'Moet je hem niet even binnenvragen?' vroeg mijn moeder.

Alsjeblieft niet! Ze zou hem meteen aan een kruisverhoor onderwerpen. Waar woon je? Wat doen je ouders voor werk? Wat zijn je toekomstplannen? Ik ging nog liever gewoon dood.

Mijn vader keek over zijn krant heen. 'Die jongen heeft toch wel een extra helm bij zich?'

Je kon in dit huis nog geen scheet laten of iedereen bemoeide zich ermee.

Zelfs mijn jongste zus Carlijn kwam polshoogte nemen. 'Gave motor!'

'Een scooter, sufferd,' hoorde ik Evi nog zeggen.

Toen sloeg de voordeur achter me dicht.

We knetterden al een uur rond, terwijl ik ingespannen door de glazen kap van mijn helm tuurde. (Stanley had hem van zijn broer mogen lenen.) Vier cabrio's, een bende rode auto's, maar nergens stond een wagen zoals die van Rutger geparkeerd. Mijn rug deed pijn van het achteroverhellen. Ik wilde ab-so-luut niet tegen Stanley aanschuiven. Misschien had hij een ge-voelige rug en zou hij merken dat ik ongelijke borsten had!

Bij snackbar Kom-eet (in de Komeetstraat) minderde de scoo-ter vaart.

Stanley keek om. 'Even pauze?'

Zijn ponyharen waren onder de helm omhooggeschoven. Ik zag voor het eerst dat hij prachtige blauwe ogen had.

QUIZZZZ

Volg jij altijd de nieuwste mode, of je het nou mooi vindt of niet? Ga je altijd voor sportief of kleed je je het liefst onopvallend? Doe de test en je weet precies wat voor kledingtype jij bent!

1 **Halverwege de schooldag blijkt er een enorme ladder in je panty te zitten. Hoe reageer je?**

   a. Ik maak iedereen wijs dat dit toevallig wel even de nieuwste mode is.

   b. Ik trek mijn panty uit. Kou lijden is minder erg dan voor schut staan.

   c. Oh, zat die er vanmorgen nog niet in, dan?

2 **Waar let jij vooral op als je kleren gaat kopen?**

   a. Of het kledingstuk wel bijzonder genoeg is. Ik ben geen schaap, en wil er dus ook niet uitzien zoals de rest van de wereld.

   b. Ik koop de merken die mijn vriendinnen ook leuk vinden. Dan zit ik altijd goed.

   c. De prijs natuurlijk. Ik moet van mijn zakgeld ook nog belangrijkere dingen aanschaffen.

3 **Je doet mee aan een tennistoernooi en weet dat er veel mensen komen kijken. De plaatselijke televisie schijnt zelfs opnamen te maken. Hoe verschijn jij op het veld?**

   a. Ik zorg ervoor dat ik er net zo blits uitzie als de zusjes Serena en Venus Williams. Of ik nou win of verlies, ik ben in elk geval de ster van de tennisbaan!

   b. Ik trek leuke tenniskleren aan en let erop of de kleuren bij elkaar passen.

   c. Wat maakt dat nou uit? Ik kom hier om te tennissen, niet voor een modeshow.

4 Je oma heeft een trui voor je gebreid, maar je vindt hem afschu-welijk. Dan is ze jarig en je weet dat ook haar leuke buurjongen op het feestje komt. Wat doe je?

a. Ik vertel diepbedroefd dat ik de trui te heet gewassen heb en er echt niet meer in pas.

b. Ik draag de trui vijf minuten om haar een plezier te doen. De rest van het feest vier ik in mijn nieuwste hippe bloesje.

c. Natuurlijk doe ik die trui aan, als ik mijn oma daar een plezier mee kan doen. Als die jongen echt leuk is, let hij op mijn karakter en niet op mijn kleren.

Heb je vooral a gekozen? Dan ben jij het type trendsetter. Je hebt een heel eigen stijl en bent allergisch voor massaproductie. Zodra datgene wat jij al maanden draagt in de mode komt, gooi je het weg. Meiden zoals jij hebben al heel wat grote modeontwerpers geïnspireerd!

Heb je vooral b gekozen? Dan ben jij een mode-volgend-type. Zijn puntlaarzen in en dragen al je vriendinnen ze ook? Dan moet en zul jij ze eveneens hebben. Je begrijpt niet dat iemand nog in een taille-broek durft te lopen, terwijl heupbroeken in de mode zijn. De mode-ontwerpers zijn blij met jou, want elke nieuwe trend = kassa!

Heb je vooral c gekozen? Dan ben jij het functionele type. Kleren dienen ter bescherming en verwarming en moeten vooral praktisch zijn en lekker zitten. Verder houd je je liever met andere dingen bezig. Die modeontwerpers doen hun best maar!

Tip van Glow: Ben je op zoek naar een (vakantie)baantje? Zorg dan dat je kleding schoon en heel is. Mensen die er verzorgd uitzien, worden nu eenmaal eerder aangenomen. Het is vaak de eerste indruk die telt!

Beet!

We zaten aan een tafeltje bij het raam en dronken Sprite uit blikjes.

'Ik denk niet dat we hem nog vinden.' Stanley bestudeerde een druppeltje op het tafelblad.

'Nee.' Hij vindt me niet leuk, dacht ik, anders keek hij me wel aan. 'Aardig dat je Tim wilt helpen. Je kent hem amper.'

'Pukkelige jongens zijn altíjd aardig,' zei Stanley grijnzend. 'Ze moeten met hun karakter hun uiterlijk compenseren.'

'Haha.' Maar ik voelde me toch weer niet op mijn gemak.

We staarden zwijgend naar onze blikjes.

Zeg iets leuks! dacht ik, voordat hij in slaap valt.

'Heb je het al gehoord van Marie-Fleur? Het drankje van je tante heeft gewerkt.'

Stanleys ogen vlogen even langs mijn gezicht. 'Daan?'

'Nee, haar nieuwe grote liefde is zwijgzaam en begrijpend, van top tot teen behaard en heeft zelfs snorharen...'

Stanley voelde aan zijn kale bovenlip.

'En kraalogen.'

'Ja hoor,' zei Stanley.

'En een staart! Ze is namelijk verliefd op mijn rat Tammy.' Ik vertelde het hele verhaal in geuren en kleuren en eindigde met de rollende ogen van tante Ka en het dreigende rode gevaar.

Stanley kneep zijn blikje in elkaar. 'Maakt Marscha zich zorgen?'

Hallo-ho. Ik zorgde wel voor Marscha, dat hoefde hij niet te doe...

Vanuit mijn ooghoeken zag ik een rode auto voorbijrijden.

'Daar!' Ik stoof uit mijn stoel en graaide naar mijn helm. 'Schiet op, dat is hem.'

Stanley had een paar seconden nodig voordat hij begreep wat ik bedoelde. Ongedurig greep ik zijn arm en sleurde hem mee. Er viel een stoel om. De eigenaar van Kom-eet schreeuwde iets.

'Geen tijd!' riep ik.

Deur open. Ik zat bijna nog eerder op de scooter dan Stanley.

'Start nou!' Ik duwde de helm op mijn hoofd zonder de bordeauxrode BMW-cabrio uit het oog te verliezen.

Hèhè, eindelijk, de motor sloeg aan. Met een bonk schoven we de stoeprand af. De scooter slingerde langs de geparkeerde auto's en miste op een haar na een zijspiegel. Toen gingen we als een speer recht vooruit.

De cabrio was niet meer dan een rood stipje.

'Harder!' schreeuwde ik.

Stanley gaf extra gas. Ik schoot met een ruk naar achteren en greep me snel aan Stanley vast. Ik schoof dicht tegen hem aan. Als ik schuin hing, kon ik net langs hem heen kijken. Ik klemde mijn armen rond zijn middel om niet van het zadel te glijden. In een flits dacht ik aan Laurel en Hardy. Nou ja, het was toch al te laat.

We doken naar links om een fietser te ontwijken en toen weer naar rechts. Shit, waar was de cabrio nu gebleven? Een blauw busje benam me het uitzicht.

Kom nou, kom nou, wenste ik. Laat je zien, alsjeblieft!

Maar hoe ik ook keek, geen cabrio. Had ik gemist dat hij was afgeslagen? Stanley scheurde nog altijd rechtdoor. Het blauwe busje draaide de oprit van een huis op. Yes, ik kon nu helemaal tot aan het volgende kruispunt kijken.

'Stanley!' Ik trommelde op zijn rug en wees.

De cabrio stond voor het rode stoplicht te wachten.

Problemen met je lijf, je lover of je ouders? Vraag Manja om raad!

(Ook anonieme brieven worden beantwoord)

Lieve Manja,

We maken ons zorgen om M. We denken dat haar nieuwe vriendje misschien wel een loverboy is. Waaraan kun je zo'n jongen herkennen? En hoe komen we erachter of het ook echt zo is?
Groetjes van lovergirl

Lovergirl,

Helaas staat het niet op zijn voorhoofd als een jongen een loverboy is. Een meisje merkt het vaak pas als het al te laat is. Loverboys doen zich namelijk heel lief en aardig voor. Ze verwennen hun vriendin met aandacht en cadeautjes, zodat ze heel verliefd op hem wordt. Zo verliefd, dat het erg moeilijk is om het contact nog te verbreken als hij zich minder aardig gaat gedragen. Hij probeert op haar schuldgevoel in te praten: 'Als je echt van me houdt, kun je iets voor me terugdoen.' Met dat 'iets' bedoelt hij dan dat ze seks met anderen moet hebben, tegen betaling. Als een meisje dat gedaan heeft, zal ze zich vaak schamen. Ze denkt misschien dat het haar eigen schuld is en durft het aan niemand te vertellen. Probeer M. over te halen dit toch te doen. Maak haar duidelijk dat het niet aan háár ligt, maar dat die jongen misbruik van haar vertrouwen heeft gemaakt. Laat haar merken dat ze niet alleen staat. Veel sterkte en succes!
Manja

Liefde maakt blind

De cabrio parkeerde voor een modern gebouw met appartementen. Stanley remde en reed de stoep op bij de videotheek. We gingen voor de etalage staan, deden onze helmen af en bewonderden zogenaamd een affiche van Superman. In de weerspiegeling van de ruit zag ik Rutger uitstappen. Superjongen, dacht ik. Hij droeg een leren jack en dezelfde gebleekte spijkerbroek.

'Het is hem,' fluisterde ik tegen Stanley.

In het voorbijgaan hield Rutger zijn sleutelbos opzij van de cabrio.

Pliep. De lampen van de auto lichtten op en doofden weer.

'Wel een verdacht luxe kar voor iemand van zijn leeftijd,' zei Stanley zacht.

Rutger verdween door de hoge glazen deur. Ik draaide me om en keek naar de twintig ramen. In welk appartement had hij Merel verstopt? Kon ik maar als superman, ik bedoel superwoman, langs het gebouw vliegen en naar binnen loeren.

'Daar!' riep Stanley. Voor het derde raam van links verscheen Rutger.

'Niet wijzen.' Ik pakte Stanleys arm. 'We gaan achter die auto zitten, dan ziet hij ons niet.'

We zakten door onze knieën achter een Renault en gluurden over het autodak naar het raam.

'Weer eens wat anders dan een avondje televisie,' zei Stanley.

Rutger praatte tegen iemand buiten beeld.

Merel, wenste ik.

'Jammer dat het niet ondertiteld wordt.' Ik merkte nu pas dat ik Stanleys arm nog steeds vasthield.

Er schoof een meisje voor het raam.

'Merel.' Ik kneep Stanley van opwinding.

'Mooi meisje.'

Ik wilde dat ik hem harder geknepen had.

Rutger sloeg zijn armen om Merel heen en zoende haar.

'Goede tijden slechte tijden,' zong Stanley.

Rutger hield Merel een stukje van zich af en begon weer te praten. Merel schudde haar hoofd. Rutger liet haar los en maakte heftige armgebaren. Zijn gezicht werd strak en het was duidelijk dat hij schreeuwde.

'Vooral slechte tijden,' zei ik.

Merels mond ging open en weer dicht. Rutger maaide met zijn arm door de lucht, stopte halverwege en liep toen weg van het raam.

'Ik dacht dat hij haar ging slaan,' zei ik benauwd.

'Niet waar ik bij ben,' gromde Stanley.

'Ssst.' Ik trok hem mee naar beneden.

Net op tijd! Rutger kwam naar buiten en stampte naar zijn auto. Met piepende banden scheurde hij weg.

'Dit is onze kans!' Ik rende naar de overkant van de straat.

Stanley kwam achter me aan en telde ondertussen uit welk appartement we moesten hebben. Een paar minuten later stonden we hijgend voor een mintgroene deur. Ik drukte op de bel. Dingdong.

Merel deed open. 'Rutger, het spijt...' Ze fronste haar voorhoofd. 'Wat doe jij hier?'

'We komen je halen,' zei ik. 'Tim en je moeder zijn vreselijk ongerust.'

'Heeft hij je gestuurd?'

Ik snapte er niets van. Waarom klonk ze zo boos?

'Tim weet niet eens dat we hier zijn. Stanley en ik zijn je vriendje gevolgd, zodat we je kunnen helpen.'

'Ik heb geen hulp nodig.' Merel draaide haar gouden oorring rond en rond. 'Rutger zorgt nu voor me.'

'Ja, dat hebben we gezien,' mompelde Stanley.

'Waar bemoei jij je mee?' Merels blik werd afwerend. 'Ik ken jou niet eens.'

Ondankbaar kreng! dacht ik.

'Stanley kan je naar huis brengen met de scooter.' Ik probeerde rustig te praten, maar inwendig kookte ik.

'Ik ga nooit meer naar huis.' Merel sloeg haar armen over elkaar. 'Mijn moeder begrijpt me toch niet, wat ik ook doe, het is altijd verkeerd. We hebben alleen nog maar ruzie. Rutger neemt me tenminste zoals ik ben!'

Dit ging he-le-maal fout. Hulpeloos keek ik naar Stanley.

'Dwingt Rutger je om dingen te doen die je niet wilt?' vroeg hij aan Merel.

'Hoe kom je daar nu bij?' riep ze overdreven fel.

'Hij heeft je dus niet gevraagd om met andere jongens mee te gaan?' vroeg ik.

Bull's eye! Merel kleurde tot in haar haarwortels.

Mijn maag keerde zich om. Ik had haar het liefst in de houdgreep genomen en afgevoerd.

'Beloof me dat je dat niet doet,' smeekte ik. 'Rutger gebruikt je.'

'Hij houdt van me!' Merel huilde nu bijna. 'Rutger heeft alleen wat problemen op het moment. Dennis krijgt nog geld van hem en daarom wil Rutger graag dat ik met Dennis uitga en een beetje lief voor hem ben. Meer niet.'

'Dat is al veel te veel!' Ik plofte bijna uit mijn vel.

'Ik kan heus wel op mezelf passen.' Merel pakte demonstratief de deurknop vast. 'Jullie kunnen beter gaan voordat Rutger terugkomt.'

Ik dacht aan zijn opgeheven arm. Als hij wist dat Merel met ons gepraat had, zou hij haar misschien wel echt slaan!

'Goed dan.' Ik voelde me een leeggelopen ballon. 'Als je zweert dat je ons opbelt, zodra je hulp nodig hebt.'

Stanley haalde een pen uit de zak van zijn jack. 'Heb je papier?'
Zachtjes mopperend ging ze het halen. Ik noteerde het nummer van Marscha, Stanley dat van hem. 'Eén belletje of sms'je
en we zijn er.'
'Jaja.' Ze wilde de deur sluiten, maar bedacht zich halverwege
en stak haar hoofd door de kier. 'Zeg maar tegen Tim dat hij
zich geen zorgen hoeft te maken.'
'Merel...'
'En waag het niet om tegen hem te zeggen waar ik ben. Anders
bel ik jullie never nooit niet meer.'
Klik. De deur was dicht.

Stanley zette me thuis af.
'Bedankt voor je hulp,' zei ik.
'Graag gedaan.'
We staarden ongemakkelijk naar het stuur van de scooter.
'Nou, dag dan,' zei ik.
'Mag ik...' Hij wees naar zijn helm, die ik nog steeds tegen
mijn buik aanklemde.
'Oh, ja. Sorry.'
Onze vingers deden onhandig en raakten elkaar even.
Hij hing de helm aan zijn stuur. 'Tot morgen dan maar.'
'Ja.' Morgen leek ineens nog vreselijk ver weg.

Komen jouw ouders ook van Mars?

'Mijn moeder begrijpt me niet.' Heb je steeds vaker het gevoel dat jij en je ouders op verschillende planeten leven? Glow zocht uit waarom vaders en moeder soms in aliens veranderen.

Je vader

De band tussen vader en dochter is vaak erg hecht. Vroeger was hij de sterkste en enige man in je leven, maar nu moet hij je gaan delen met andere 'mannen' en dat vindt hij doodeng. Al kom je met Leonardo DiCaprio thuis of met de Nobelprijswinnaar scheikunde, in je vaders ogen is hij nooit goed genoeg. Want niemand kan natuurlijk zo fantastisch voor zijn kleine meisje zorgen als hijzelf.

Laat hem langzaam wennen aan het feit dat je al een grote meid bent en best op jezelf kunt passen. Bouw je vrijheden in kleine stapjes op, zodat hij niet meteen in de stress schiet. En laat hem merken dat je hem nog steeds een geweldige vader vindt. Misschien kunnen jullie af en toe nog eens dat ene leuke ding doen wat jullie vroeger altijd deden, maar waar jij eigenlijk geen tijd meer voor hebt.

Je moeder

Je moeder vond het al moeilijk om je voor het eerst naar de crèche te brengen. Het liefst had ze de navelstreng nooit doorgeknipt. Het besef dat ze je los moet laten, kan gepaard gaan met een sterk gevoel van verlies. Bovendien is de jonge, onafhankelijke vrouw waarin jij verandert, het levende bewijs dat zijzelf ouder wordt. Daarom kunnen sommige moeders zelfs jaloers zijn op hun dochters.

Probeer je moeder te laten merken dat je haar nog steeds nodig hebt. Vraag haar om af en toe samen te winkelen of leen elkaars kleren.

Probeer een concurrentiestrijd te vermijden en onderhandel. Laat haar zien dat je verantwoordelijk en zelfstandig kunt zijn. Maar sluit haar niet helemaal buiten en vertel af en toe over je vriendinnen of over iets wat je dwarszit.

Jeugdpuistjes

Marscha's moeder bracht ons én de versieringen met de jeep naar de boulevard.

'Haal je ons vanavond weer op?' vroeg Marscha.

Arme Daan, hij zou haar weer niet naar huis brengen.

Stanley hielp mee om de tassen en dozen naar DST te sjouwen.

Hij deed alsof er gisteren niets gebeurd was.

Er ís ook niets gebeurd, dacht ik chagrijnig.

Om elf uur puilde de voorraadkast uit en zaten wij uit te puffen in de duinen achter de strandtent.

'Jullie moeten Merels adres aan Tim doorgeven,' zei Marscha op een bevelend toontje.

'Als we dat doen, vertrouwt ze ons niet meer.' Ik zuchtte. 'Tim krijgt haar ook niet mee naar huis, dat weet ik zeker.'

Stanley knikte. 'Nu hebben we nog een kansje dat ze ons belt.'

Hij had zijn grote zwarte zonnebril weer opgezet. Zonde van zijn mooie blauwe ogen.

'Als het dan maar niet te laat is.' Marscha stompte in het zand.

Door de zon leken haar haren in de fik te staan.

Ik voelde me ellendig. Alsof het mijn schuld was dat Rutger niet deugde. En tot overmaat van ramp had ik ook nog een pukkel op mijn neus. Ik hoopte dat hij minder opviel als je hem door een donkere zonnebril bekeek.

Stanley en Said bouwden van bierkratten en planken een catwalk op het terras. Daar moesten over drie dagen de aardbeienkoninginnen overheen paraderen. Marscha's moeder zou jureren, samen met oom Rien. We hingen inschrijflijsten op, ook voor de 'wie eet in drie minuten de meeste aardbeien?'-wedstrijd. Marscha oefende elke dag, terwijl ik de stopwatch hanteerde.

Daan en Marie-Fleur deelden flyers uit op het strand. Volgens mij konden we Daan net zo goed aan een bezem koppelen (dan was er tenminste nog enige kans op succes) maar Marscha wist van geen opgeven. 'Desnoods sluiten we ze samen op in de voorraadkast,' had ze gezegd.

Tim en ik gingen aardbeienslingers ophangen.

'Je krijgt de groeten van Merel,' zei ik, zodra we alleen waren. 'Ze logeert bij Rutger en zei dat je je geen zorgen hoefde te maken.'

Tim viel bijna van het trapje. 'En dat zeg je nu pas! Waar heb je haar gezien?'

Ik gloeide als een straalkachel. 'Gewoon, ergens.'

'Hoezo ergens?' Hij rukte de slinger uit mijn hand.

'Op straat, ik weet niet precies...' Ik durfde hem niet aan te kijken.

'Hoe kun je zoiets nou vergeten, Fay?'

De tranen sprongen in mijn ogen. Niets zeggen. Ik klemde mijn tanden zo hard op elkaar dat het pijn deed.

Karin gaf de schminkdoos aan Tim. 'Als jij het nou even voordoet, dan kunnen wij het straks na-apen.'

Ik bood mezelf aan als proefkonijn (in dit geval: proefaardbei) en ging op een stoel zitten. Tim maakte met een sponsje mijn gezicht knalrood en bespikkelde het daarna met gele stippen. Op mijn voorhoofd kwam een groen kroonblaadje.

Marscha maakte er een foto van met haar mobieltje. 'Dan kunnen we die straks in het schminkhoekje hangen.'

Ik waste mijn gezicht in de wc-ruimte. Bah, die schmink was als kunstmest voor jeugdpuistjes. De pukkel op mijn neus was uitgegroeid tot iets wanstaltigs. Ik leek wel een knobbelzwaan!

Stanley had naar het weerbericht geluisterd. 'Het wordt zaterdag dertig graden!'

'Dorstig weer.' Oom Rien wreef opgewekt in zijn handen.

'Dan bezwijk ik in dat aardbeienpak.' Karin maakte nu al puffende geluidjes.

'Mijn schat mag niet flauwvallen, hoor, anders gaat het niet door,' rapte Said.

'Als we ons nou om de beurt in dat pak hijsen?' vroeg Stanley. 'Een halfuurtje is het wel uit te houden.'

'Goed plan.' Daan pakte het draaiboek erbij. 'Ik stel wel een rooster op.'

Tjak, tjak. Ik hakte een lading aardbeien aan mootjes. Safira wist nog een recept voor een aardbeiendrankje, Marscha en ik probeerden het uit.

'Eigenlijk is Stanley best slim en aardig.' Marscha tjoepte een lading aardbeien in een kom en voegde melk, water en suiker toe.

Ik vond haar rode nagels ineens net klauwen lijken.

'Als hij er ook nog lekker uitzag, dan wist ik het wel.' Ze stak de stekker van de staafmixer in het stopcontact.

'Hij ziet er wél leuk uit,' snauwde ik. 'Hij heeft prachtige ogen.'

Ze haalde haar schouders op. 'En een miljoen pukkels, dus...'

De staafmixer begon te brommen.

Ik wenste dat Marscha een acute aanval van acne zou krijgen. Wist ze ook eens hoe dat voelde.

Problemen met je lijf, je lover of je ouders? Vraag Manja om raad!
(Ook anonieme brieven worden beantwoord)

Lieve Manja,

Help! Ik heb een gigantische pukkel (met kop) op mijn neus. Het lijkt wel een wrat! Over drie dagen is er een feest in de strandtent waar ik werk en dan zie ik er niet uit. Nu heb ik in Glow gelezen dat het helemaal fout is om puisten uit te knijpen, maar wat dan? Weet jij een manier om er snel vanaf te komen? Dringend eerste hulp bij puistjes gewenst!

S.o.s. afz. meisje in nood

Meisje in nood,

Het is inderdaad heel fout om pukkels uit te knijpen. De ontsteking kan zich verspreiden en je kunt er zelfs littekens aan overhouden! Zeker van onderhuidse, rode kwelgeesten moet je afblijven. Verhullen kan wel. Tip met een camouflagestift het puistje aan (beetje uitwrijven), zodat het onder een ondoorzichtig laagje verdwijnt. Vergeet niet om daarna over je hele gezicht een foundation aan te brengen, anders zit je met een bruine vlek in je gezicht. Gebruik je poeder(foundation), strijk dan met een kwast de overtollige deeltjes weg.

Puistjes met een grote gele kop, zijn lastiger te camoufleren. Ook hier is uitknijpen ab-so-luut niet aan te raden. Maar goed, voor uitzonderlijke noodgevallen toch een handleiding:

1 *Knijp hem de avond vóór het feest uit en niet op de dag zelf. (Kan hij nog even tot rust komen.)*
2 *Was je handen heel erg goed. Zorg ook voor schone nagels!*
3 *Houd een gloeiend heet washandje tegen de pukkel.*

4 Prik met een gesteriliseerde naald (10 minuten in kokend water leggen) in het midden van de pukkel.

5 Wikkel tissues om je vingers en duw voorzichtig tegen de zijkanten van de pukkel totdat hij openbarst. (Zorg dat er geen pus meer achterblijft.)

6 Dep de pukkel met een ontsmettende lotion.

7 Smeer er niet meteen make-up overheen. Het wondje geneest het snelste als je het eerst laat drogen.

En nogmaals: maak er geen gewoonte van!

Veel plezier op het feest,

Manja

Lovepotion no. 2

'Keuren.' Marscha deelde hoge, smalle glazen met onze aard-
beiendrank uit.
'Ik weet niet,' aarzelde Marie-Fleur. 'Ik drink eigenlijk alleen
maar frisdranken van bekende merken.'
'Er zit heus geen rattengif in,' zei Marscha plagerig.
Iedereen begon te lachen.
'Kan ik er wat aan doen?' Het klonk alsof Marie-Fleur een hete
aardappel had ingeslikt. 'Jij bent toch ook dol op Tammy, hè
Fay?'
'Stapel.' Ik voelde dat Stanley naar me keek en hield snel mijn
hand voor mijn pukkelneus.
Karin had een slokje genomen en smakte. 'Jammie.'
Said gaf haar een kus. 'Mijn meisje heeft een mond als een aard-
beienijsje.'
'Is je rap al klaar?' vroeg Daan.
Toen Karin knikte, wilden we hem allemaal horen.
Said keek zenuwachtig naar de mensen op het terras. 'Niet
hier.'
Nee, hè! Hij had nu al plankenkoorts.
'In de wc-ruimte, zeker? Dat wordt dan een speciale attractie
zaterdag.' Marscha zette haar handen als een toeter aan haar
mond: 'Beleef het mee in DST, Said treedt op in de wc!'
Karin veranderde meteen in een indiaan op oorlogspad. 'Hij
heeft zijn glimmendste trainingspak toch ook nog niet aan?'
'In de wc-ruimte galmt het tenminste lekker,' suste Stanley.

We stonden dicht tegen de deuren aan, zodat Said de ruimte
had voor zijn danspasjes.

'Ik weet niet hoe je heet, maar met jou wil ik een date.' Hij draaide om zijn as en stompte ondertussen op de maat in de lucht. 'Je mond is zoet en rood als een aardbeienijsje.'

Onze hoofden gingen als vanzelf mee bewegen. Karin kon ook haar voeten niet stilhouden en danste op mijn grote teen. Ik wilde een stap achteruit doen, maar er stond iemand achter me.

'Sorry.'

Twee armen gespten zich om mijn middel.

'Geeft niet,' blies iemand in mijn oor.

Stanley!

Mijn hersens begonnen rondjes te zwemmen. Mijn benen trouwens ook. De stem van Said klonk ver weg, alsof er water in mijn oren zat. Alleen mijn tastzenuwen werkten op volle toeren. Ik voelde elk haartje, elke porie van Stanleys armen.

'Je weet het nog niet, maar jij wordt mijn meisje,' rapte Said.

Stanley zong de tekst mee.

Was het maar waar, dacht ik. Doe niet zo raar, dacht ik meteen erachteraan.

'Bis, bis!' riep iedereen.

Het nummer was veel te snel afgelopen. Stanley liet me los.

'We moeten nog een naam verzinnen voor het aardbeiendrankje,' zei Marscha. 'Dan kunnen we het op de kaart zetten.'

Ik kon de afdrukken van Stanleys armen nog steeds voelen.

'Strawberry fields,' stelde Daan voor.

Het had niets te betekenen, dacht ik. Hij hield me alleen vast zodat we niet zouden omvallen.

Marie-Fleur aaide haar roze truitje. 'Pink river?'

Hoewel. Hij had me ook meteen weer los kunnen laten.

'Wat dachten jullie van lovepotion?' vroeg Stanley.

Kon hij soms net als tante Ka gedachten lezen? Ik kreeg een hoofd als een boei.

Glows ingezonden songtekst van de maand

Droom jij van een carrière als song-writer? Stuur ons je tekst en maak kans op een publicatie in Glow. Wie weet: misschien krijg je bin-nenkort een belletje van een be-roemde popzanger(es) die jouw nummer wil uitvoeren.

De inzending van deze maand werd ingestuurd door Karin en is geschre-ven door haar vriend Said B.

AARDBEIENSONG

het jachtseizoen is open,
ze komen lachend voorbijgelopen:
bijna blote meisjes,
likkend aan hun ijsjes
kortgerokt en hooggehakt
hoera, de zon is jarig en heeft ze voor me uitgepakt
ik navelstaar naar hun platte buiken,
laat mijn ogen naar hun benen duiken
mijn zwembroek staat cool en ik voel me strong
ik klak met mijn tong en doe de aardbeiensong

ik weet niet hoe je heet, maar met jou wil ik een date
je mond is zoet en rood als een aardbeienijsje
je weet het nog niet, maar jij wordt mijn meisje

haar haren wiegen in de wind,
ze draagt een bikini met aardbeienprint
ze deint over het terras,
ik wou dat ik haar handdoek was!
hij hangt losjes om haar dijen
hoera, ze laat zich in de stoel naast me glijden!
ik wil in haar prachtige ogen verzuipen,
met mijn mond naar haar lippen kruipen
mijn strawberryqueen, ze is zo mooi en jong
ik denk: lekker ding, en zing de aardbeiensong

ik weet niet hoe je heet, maar met jou wil ik een date
je mond is zoet en rood als een aardbeienijsje
je weet het nog niet, maar jij wordt mijn meisje

ik schuif mijn stoel dichterbij,
en dan – yes! – kijkt zij ook naar mij
ik hou vlug mijn buik in,
kraak mijn hersens voor een openingszin:
ben jij het mooiere zusje van Beyoncé?
hoera, zodra ze glimlacht, weet ik: alles is oké
uit de boxen klinken liefdesliedjes,
ik bestel een aardbeienshake met twee rietjes
lovepotion, denk ik, mijn hart maakt een sprong
precies op de maat van de aardbeiensong

ik weet niet hoe je heet, maar met jou wil ik een date
je mond is zoet en rood als een aardbeienijsje
je weet het nog niet, maar jij wordt mijn meisje

´hoi´ roept ze plots en ik draai me om,
hevig verblind, maar niet door de zon
vandaag zit alles mee;
daar staat schoonheid nummer twee
'mijn vriendin,' zegt mijn schatje meteen
hoera, twee mooie meiden voor deze jongen alleen!
ik ben verliefd tot over mijn oren,
dit wordt dubbel scoren
everything is allrigt, nothing goes wrong
solo, duo, trio, ik neurie de aardbeiensong

ik weet niet hoe je heet, maar met jou wil ik een date
je mond is zoet en rood als een aardbeienijsje
je weet het nog niet, maar jij wordt mijn meisje

ik trakteer op aardbeienijsjes,
dan zegt een van de meisjes:
lieverd, je maakt me helemaal gek,
ga je mee naar een stillere plek?
het is alsof ik de lotto win
hoho, zegt het meisje, ik had het tegen mijn vriendin
wij vallen niet op jongens hoor,
zoenend gaan ze ervandoor
ik baal als een stekker en bijt op mijn tong
vol valse noten die aardbeiensong!

Actie!

'Fay, telefoon!' schreeuwde Evi.

'Wie dan?' Ik had me net met een bak chips voor de televisie geïnstalleerd.

Ze kwam met een grote grijns de kamer in, de telefoon als een trofee in haar hand. 'Stanley.'

De zenuwen gierden meteen door mijn keel. Wat was er zo bijzonder dat hij het vanmiddag niet had kunnen zeggen? Ik zette de bak met een klap op tafel, de chips vloog over de rand.

'Zie je nou wel dat hij je vriendje is?' Evi hield de telefoon pesterig omhoog, zodat ik er niet bij kon.

'Geef hier, kreng.' Ik stortte me boven op haar.

'Héhé,' zei mijn vader, die met een kop koffie naar binnen kwam.

Eindelijk had ik de telefoon te pakken. 'Fay hier.'

Evi bleef als een lastige vlieg om me heen cirkelen.

'Rot op,' snauwde ik.

'Nou zeg...' klonk Stanleys lachende stem.

'Jij niet, mijn zus.' Ik nam een spurt naar de gang, trok de wc-deur open en schoot naar binnen. Slot omdraaien!

Evi rukte aan de klink. 'Zeikerd.'

Ik kreeg de slappe lach. En slappe benen. Ik ging op het deksel van de wc-pot zitten. 'Waar ben je?'

'Ik stap nu van mijn scooter en loop naar jullie voordeur.'

'O-Onze voordeur?' Ik duwde de telefoon bijna ín mijn oor en stuurde een schietgebedje naar het plafond. Laat hem mij ook leuk vinden, alsjeblieft, alsjeblieft.

'Merel zit in de problemen.' Stanley hijgde een beetje. 'Ze belde vanuit café Catch 22 naar Marscha. Die is er al heen, met Tim.'

Hij kwam niet voor mij maar voor Merel. Ik voelde me minstens zo zielig als het zwerfkatje op de verjaardagskalender die voor me hing.

'Kom je?' vroeg Stanley.

Egoïstisch kreng, foeterde ik in mezelf. Hou op met dat zelfmedelijden! Ik morrelde het slot open en rende naar de voordeur.

'Hoi.' Stanley tuurde naar mijn voeten. Shit, ik had mijn tijgersloffen nog aan!

'Even de telefoon wegleggen.' Ik holde naar de woonkamer, schopte onderweg mijn sloffen uit en dropte de hoorn in de schoot van mijn vader. 'Ben even met Stanley mee.'

'Zoenen, zoenen!' riep Evi enthousiast.

'Gatver.' Mijn zusje Carlijn stak haar tong uit.

Ik roffelde de trap op, keek in de spiegel (bah, de pukkel zat er nog), trok mijn schoenen aan en roffelde de trap weer af. Met een bonkend hart stapte ik het tuinpad op. Stanley zat al op zijn scooter en gaf me de helm van zijn broer. We raceten de straat uit alsof we op het circuit van Zandvoort waren.

Toen we voor café Catch 22 stopten, kwamen Tim en Marscha net naar buiten. Stanley wachtte tot ik was afgestapt en ging zijn scooter een eindje verderop parkeren.

'Ze is er niet.' Tims blik stond op wanhopig.

'Misschien was ze net plassen,' zei ik.

Marscha knikte. 'Zal ik nog even in de wc's gaan kijken?'

Maar dat hoefde al niet meer. Stanley kwam haastig aangelopen, de helm onder zijn arm.

'Ik heb haar gezien, ze staat met de een of andere gozer in dat steegje.' Hij knikte naar het gangetje naast Catch 22.

Tim vloekte en wilde er meteen op afstormen.

Stanley hield hem tegen. 'Wacht jij nou maar hier. Je bent veel te opgefokt, man.'

Tim bleef mopperend bij onze helmen staan, terwijl wij gedrieën naar het gangetje slopen.

'Klaar?' vroeg Stanley zachtjes.

Ik stond zo strak als een veer. Dit was honderd keer spannender dan Baantjer!

'Actie!'

We liepen de steeg in. Een jongen die ik niet kende, drukte Merel tegen de muur en probeerde haar te zoenen.

Ze spartelde alle kanten op. 'Laat me gaan, Dennis!'

Dus dit was die jongen bij wie Rutger schulden had!

'Je hoeft niet zo tegen te stribbelen,' zei Dennis nijdig. 'Ik weet heus wel dat jij het ook wilt.'

Wat een eikel! Ik voelde de drift door mijn lijf schieten.

'Hoor je niet wat ze zegt?' schreeuwde ik.

Toen zagen ze ons pas.

Merel keek opgelucht, Dennis hoogst geïrriteerd. Hij liet Merel los en stompte de muur, net naast haar oor. 'Zeg maar tegen Rutger dat ik hier geen genoegen mee neem. Je zou met me meegaan, dat heeft hij beloofd.'

'Ik geloof je toch niet!' schreeuwde Merel.

Dennis lachte meewarig.

'Je kunt maar beter vertrekken,' zei Stanley dreigend.

Marscha sleurde Merel verder het gangetje in, tot ze op veilige afstand waren.

Pfff, dacht ik. Nu komt alles op zijn pootjes terecht.

Maar ik juichte te vroeg. Dennis greep Stanley ineens bij de kraag van zijn jack en smeet hem tegen de muur.

Nou ja, zeg! Voor ik het wist, hing ik met mijn volle gewicht aan Dennis' blonde krullen.

'Rotwijf!' Hij tuimelde achterover.

Ik moest hem wel loslaten om niet verpletterd te worden.

Baf!

'Dank je,' zei Stanley (met zijn fantastische scheve lachje) tegen me. 'Mission completed.'

Dennis ging zitten en voelde verdwaasd aan de achterkant van zijn hoofd. Oh, wat hoopte ik dat het zeer deed!

We wurmden ons langs hem heen.

'Zeg maar tegen Rutger dat ik morgen mijn geld wil hebben!' schreeuwde Dennis ons na.

Problemen met je lijf, je lover of je ouders? Vraag Manja om raad!

(Ook anonieme brieven worden beantwoord)

Lieve Manja,

Er is een jongen die ik errúg aardig vind, ik weet alleen niet of het wederzijds is. Ik heb al bij hem achter op zijn scooter gezeten en laatst sloeg hij zijn armen om mijn middel. Maar toen ik samen iets met hem ging drinken, keek hij me amper aan. Weet jij hoe ik erachter kan komen of hij ook in mij geïnteresseerd is?

Groetjes van F. Fifteen

P.S. Willen jongens van 18 eigenlijk wel verkering met meisjes van 15?

Lieve F. Fifteen,

Als een jongen je amper aankijkt, betekent dat nog niet dat hij geen interesse voor je heeft. Misschien dúrft hij geen oogcontact te zoeken, juist omdát hij je leuk vindt. (Ook jongens van 18 kunnen onzeker zijn!) Een ding is zeker: als hij zijn armen om je heen slaat, heeft hij in elk geval geen hekel aan je. Als een jongen een meisje leuk vindt, merk je dat meestal wel aan zijn lichaamstaal. Doet hij stoerder dan normaal? Gluurt hij stiekem naar je en friemelt hij aan zijn haar? Neemt hij dezelfde houding aan als jij? Plaagt hij je meer dan andere meisjes? Dan is de kans groot dat hij verliefd op je is. Twijfel je toch nog, dan kun je je vriendin laten polsen hoe hij over je denkt.

Groetjes van Manja

P.S. Er zijn genoeg jongens van 18 die op meisjes van 15 vallen. Zorg er wel voor dat hij rekening met je leeftijd houdt! Maak hem duidelijk dat er bepaalde zaken zijn waar jij nog niet aan toe bent. Als hij je toch probeert over te halen: dump hem!

In Catch 22

We gingen in Catch 22 nog wat drinken om van de schrik te bekomen.

'Bedankt, man.' Tim sloeg op Stanleys rug. 'Je hebt mijn zus gered.'

'Fay, bedoel je?' Stanley gaf een kneepje in mijn hand. 'Met jou moet je geen ruzie krijgen, zeg.'

Zijn vingers waren als stroomstootjes, mijn hoofd begon als een gloeilamp te branden.

Merel huiverde. 'Daar gaat-ie.'

Gelukkig lette toen niemand meer op mij. Iedereen keek door het raam naar Dennis, die naar zijn auto strompelde, instapte en wegreed.

'Opgeruimd staat netjes.' Tim drukte Merel even tegen zich aan. 'Nu kan ik je tenminste veilig naar huis brengen.'

'Ik wil naar Rutger, hoor,' zei Merel.

Ze had net zo goed een bom op tafel kunnen gooien.

'Dat meen je niet!' riep Marscha ongelovig. 'Híj heeft Dennis op je afgestuurd.'

'Rutger kon toch niet weten dat die Dennis zo'n griezel is?' Merel plukte nerveus aan haar truitje. 'Ik hoop niet dat hij nu door mij in de problemen komt.'

Tim sloeg zo hard met zijn vuist op tafel dat de glazen ervan rinkelden. 'Jij hém in de problemen brengen? Die klootzak heeft jou in de problemen gebracht!'

Stanley legde zijn hand op Tims schouder om hem te kalmeren. 'Rutger is een loverboy, Merel.'

Ze trok een gezicht alsof ze er niets van begreep. Of ze wílde het niet begrijpen.

'Hij palmt je eerst helemaal in,' zei ik. 'En als je dan stapelgek op hem bent, wil hij dat je iets voor hem terugdoet.'

'Seks,' fluisterde Marscha. 'Voor je het weet zit je achter het raam.'

En niet dat van de kapper, dacht ik.

'Jullie zijn gewoon jaloers omdat ik zo'n leuke vriend heb.' Maar Merels stem klonk onzeker.

'Rutger heeft waarschijnlijk nog veel meer vriendinnen,' probeerde ik. 'Hij laat ze met andere jongens vrijen en dan krijgt hij er geld voor.'

'Dat zou Rutger nooit doen!' Merel schudde woest haar hoofd.

'Het kan me niet schelen of je het gelooft of niet.' Tim greep haar arm vast. 'Je gaat nú mee naar huis.'

'Ik ga nooit meer naar huis. Ik blijf bij Rutger!' schreeuwde Merel terwijl ze zich los probeerde te wurmen.

Heel Catch 22 gaapte haar aan.

'Rustig nou, maar.' Tim liet zijn arm slap langs zijn lichaam vallen.

'Ik ga.' Merel trok de mouw van haar truitje recht. 'Nog bedankt.' Met grote passen liep ze naar de deur.

'Maar...' Tim wilde haar al achterna gaan.

'Je kunt haar moeilijk ontvoeren,' zei Stanley.

Tim bevroor. Hij zag er zo verslagen uit dat mijn hart zich omdraaide.

'Ze heeft in elk geval onze telefoonnummers.' Stanley speelde met Marscha's mobieltje, dat op de tafel lag. 'Het is te hopen dat ze de volgende keer ook weer belt.'

Marscha zei wat we allemaal dachten: 'En als ze dat niet doet?'

Wat staat er deze week in de sterren?
Je leest het in de
GLOW-ING STARS HOROSCOOP

Schorpioen

24 oktober – 22 november

Het is de hoogste tijd om uit je schulp te kruipen, want, ja-ha, hij vindt jou ook leuk! Alleen durven gevoelige types zoals hij dat niet van de daken te schreeuwen. Geef hem complimentjes. Zend hem smachtende blikken toe en laat hem overduidelijk merken dat jij best wel verkering met hem wilt. Als jullie allebei in een hoekje gaan zitten wachten, gaat de kans van je leven voorbij. Eeuwig zonde!

Knip!

Marscha's moeder had haar tiara aan DST gedoneerd. Ze had het ragfijne kroontje gedragen toen ze miss Zuid-Holland was.

'Ik probeer alvast uit hoe het staat,' zei Marie-Fleur enthousiast.

Alvast!

Ik sloeg mijn armen over elkaar. 'Heb je wel eens bedacht dat er ook een ánder meisje tot aardbeienkoningin gekozen kan worden?'

Marie-Fleur staarde met leedvermaak naar de pukkel op mijn neus en snoof.

'Nee dus.' Stanley grinnikte. Toen sloeg hij zijn armen ook over elkaar, precies zoals ik! Jammer genoeg kon ik niet zien of hij ook stiekem naar me gluurde. Hij had zijn Zorromasker weer op.

Tim liep rond als een kip die zijn ei niet kwijt kan.

'Als we niet snel iets verzinnen, loopt hij de zee in,' zei ik bezorgd. 'En dus niet om te gaan zwemmen.'

Said zuchtte. 'Het is jammer dat er niks meer geverfd hoeft te worden.'

Karin humde instemmend. 'Dan kon hij zijn frustratie tenminste wegspuiten.'

Ik dacht aan de kale zijmuur aan de buitenkant van DST. 'Misschien weet ik wel iets. Even aan oom Rien vragen.'

Tien minuten later was Tim in de weer met zijn spuitbussen.

Marscha was er ook al van overtuigd dat ze zaterdag ging winnen. Ze gaf me de stopwatch en ging achter een groot bord aardbeien zitten.

'Gisteren deed ik gemiddeld drie seconden over een aardbei. Vandaag ga ik voor de tweeënhalf.'

Oom Rien bleef staan kijken, de handen in de zakken van zijn werkmansbroek. 'Je eet me nog arm.'

'Klaar?' vroeg ik.

Daan in elk geval wel. Hij hield allebei zijn ogen als spotlights op Marscha gericht.

'Yep.' Marscha concentreerde zich op de aardbeien.

'Af!' Ik drukte de stopwatch in.

Marscha veranderde meteen in een soort aardbeienmonster. Ze propte handenvol fruit in haar mond en nam nauwelijks de tijd om te kauwen. Af en toe slikte ze gewoon een hele aardbei door!

'Kom op, Marscha! Je kunt het!' coachte Daan.

'Nog twee minuten,' zei ik.

Niet alleen haar mond kleurde van de aardbeien, het rood kwam tot aan haar neus. Toen we vier jaar waren, hadden we een keer de lippenstift van haar moeder uitgeprobeerd. Zoiets dus.

Alleen begon ze toen niet te kokhalzen.

'Nog één minuut.'

Ze hapte even naar adem en at toen verder. Nou ja, zeg maar gewoon: vrat.

Een mager, rood varken, dacht ik.

'Tien, negen...' Iedereen begon mee te tellen.

De berg met aardbeien was tot een hoopje geslonken.

'Drie, twee, één!'

Marscha liet haar hoofd uitgeteld op de tafel vallen. 'En?' vroeg ze met haar mond vol.

Ik stak mijn duim op. 'Record verbroken.'

'Ik ben een beetje misselijk,' zei ze.

We hingen de laatste versieringen op. Marscha leek wel een magneet, ze kon geen stap verzetten of Daan stond naast haar. 'Ik ga de geluidsinstallatie ophalen,' zei oom Rien. Hij kon hem voor een prikkie van een bevriende cafébaas huren.

'Fay en ik gaan mee!' riep Marscha vlug.

Oom Rien parkeerde zijn bestelwagen en haalde een steekkarretje uit de laadruimte. Marscha en ik gingen zo lang op de stoep zitten.

'Tante Ka is blind,' mopperde ze. 'Of haar glazen bol was aangeslagen. Daan en Marie-Fleur zijn nog lang niet verliefd.'

'Ze had het over een jongen met bruin haar,' zei ik, 'maar over het meisje heeft ze niets gezegd. Misschien was die wel roodharig, net als jij.'

Marscha deed alsof ze moest braken. 'Dan klopt het nog niet. Ik word absoluut nooit meer gek op Daan!'

Niet gek óp, dacht ik. Wel gek ván.

Ik pakte haar hand vast. 'Het is maar goed dat tante Ka een oplichtster is, dan telt dat rode gevaar ook niet.'

Marscha huiverde. 'En dat liefdesdrankje dan?'

Shit.

Een jongen en een meisje kwamen aangelopen, innig verstrengeld.

Rutger! Ik had niet gedacht dat ik ooit nog blij zou zijn om hem te zien.

'Heb jij je telefoon bij je?' fluisterde ik tegen Marscha.

Ze pelde hem uit haar buideltasje. 'Hoezo?'

'Even vastleggen dat Rutger vreemdgaat.' Ik voelde me zo langzamerhand net een privé-detective toen ik achter de bestelbus van oom Rien dekking zocht. Mijn handen trilden van opwinding.

Het duurde zeker een paar seconden voordat ik Rutger en

zijn nieuwe slachtoffer in het schermpje wist te vangen. Knip!

'Ik heb hem,' zei ik blij. 'Als Merel de foto ziet, snapt ze eindelijk wat een rotzak het is!'

BLING THAT THING!

Mobiele telefoons, je hebt ze in allerlei soorten en maten. Je kunt ermee bellen, sms'en, foto's doorsturen en nog veel meer. Natuurlijk herken je die van jou aan de bijzondere ringtone, maar hoe óógt jouw gsm? Saai is uit. Het is bling-time!

Bling

Bling staat voor klatergoud en ongegeneerd pronken. Upgrade je phone, en dan hebben we het dus niet over een nieuw frontje! Laat zien wie je bent door de looks van je mobiel aan te passen. Zorg voor een persoonlijke touch.

Strass

Wil je schitteren en stralen als een heuse ster? Of ben je gewoon gek op glimdingen zoals een ekster? Verander je mobiel in een fonkelende diamant door hem te beplakken met gekleurde glittersteentjes. Natuurliefhebbers kiezen voor bloemetjes, romantische types voor hartvormen. Hou je meer van modern en strak, ga dan voor rechte lijnen.

Skin

Je kunt je telefoon ook in een nieuw velletje steken. Geef hem een tweede huid van (nep!)bont en waan je een diva. Of schaf een uitgebreide garderobe aan voor je mobiel, zodat je zijn skin elke dag precies op jouw kleding kunt afstemmen: sportief (joggingpakje), futuristisch (zilver), princess (het is wél alles goud wat er blinkt), of vrijetijds (afgewassen jeans). Op deze manier wordt jouw mobiel net zo'n leuke accessoire als je riem, ketting of tas.

Art

De artistiekelingen onder ons kunnen hun mobiel ook (laten) spuiten. De vlag van je favoriete land. Je eigen naam in graffitiletters. Je lievelingsdier, favoriete stripfiguur, of gewoon een leuke print van stippen, sterren, strepen. Hou je wel van een geintje, verander hem dan in een ijsje of in een bruisend glas cola. Succes gegarandeerd bij het stappen.

Weetje van Glow: De term *Bling* is afkomstig uit Amerikaanse rapperstaal en betekent: veel glamour en glitters.

The A(cht)-team

De strandtent van oom Rien was niet meer te missen. Tim had in koeienletters DST op de zijmuur gespoten, in een krans van spetterend vuurwerk.

'Een masterpiece,' vonden we allemaal.

Ook het terras en de ruimte binnen waren versierd en in de koelkast stonden liters lovepotion klaar. Oom Rien had extra bier, frisdrank en karrenvrachten aardbeien ingeslagen. De artiestenkleding van Said hing op een kleerhanger in de voorraadkast, naast het aardbeienpak. De geluidsinstallatie was uitgetest en het schminkhoekje ingericht. De prijzen voor de wedstrijden pronkten op een speciale tafel en de polaroidcamera lag gereed om honderden plaatjes te schieten.

We zaten uitgeteld in het avondzonnetje op het terras.

Oom Rien trakteerde ons op ijskoude drankjes. 'Bedankt jongens, jullie hebben keihard gewerkt.'

'En meisjes.' Ik betastte mijn – sinds gisteravond – pukkelvrije neus. (Bedankt lieve Manja.)

Marscha pakte haar cassis en bracht een toost uit. 'Op morgen!'

De ijsblokjes tinkelden toen we met onze glazen klonken. 'Op morgen!'

Ik gluurde door mijn oogharen naar Stanley. In films en boeken was het altijd liefde op het eerste gezicht. Nou, je kon ook best op het twééde gezicht verliefd worden.

'Fietsen we samen naar huis?' hoorde ik Daan tegen Marscha fluisteren.

'Ik heb al met Tim afgesproken,' antwoordde ze. 'We moeten nog een foto aan Merel laten zien.'

Daan liet zich niet langer een oor aannaaien. 'Dan ga ik ook mee.'

'We gaan allemáál mee.' Stanley duwde zijn zonnebril stevig op zijn neus. 'Dat is veiliger.'

We parkeerden onze fietsen en scooter voor de videotheek. Zodra ik de rode cabrio zag staan, werd mijn maag een stukje opgetild. 'Hij is thuis.'

Said neuriede de tune van the A-team. Ik voelde me meteen een stuk dapperder. Kom op, zeg. Met zijn achten konden we wel dríé loverboys aan.

In optocht liepen we naar de mintgroene deur. Tim drukte op de ding-dongbel.

Rutger deed open. Wit shirt, gebleekte jeans, blote voeten (zelfs zijn tenen waren volmaakt). Om zijn hals fonkelde een gouden ketting.

Ik hoorde Marie-Fleur naar adem happen.

'We willen Merel spreken,' zei Tim zo stoer mogelijk.

'Die is er niet.' Rutger maakte aanstalten om de deur te sluiten.

Stanley stak er bliksemsnel zijn voet tussen. 'Dan wachten we binnen tot ze terugkomt.'

'Echt niet!' Maar zodra Rutger de legerkistjes van Stanley had bekeken, bond hij in. 'Ik bedoel, kun je lang wachten. Ze woont hier niet meer.'

'Oh ja, en waar woont ze nu dan?' vroeg Marscha ongelovig.

'Ik weet niet waar ze is,' zei Rutger onverschillig. 'Ze is weggelopen.'

Even stonden we allemaal perplex. Toen klonk er een zacht gebonk.

'Wat is dat?' vroeg Daan.

Op Rutgers voorhoofd parelde een zweetdruppeltje. 'Mijn... eh... hond, hij wil uitgelaten worden.'

117

Hond, ammehoela!

'Ik heb hier de vorige keer geen hond gezien,' zei ik koeltjes.

'Vorige keer?' stamelde Rutger.

Stanley wrikte de deur nu helemaal open, zodat Rutger tegen de muur werd geperst.

'Ten aanval!' riep Karin opgewonden.

We marcheerden allemaal achter Stanley aan, de gang door.

Rutger sloot de rij. 'Het is een vechthond. Hij vliegt jullie zo naar je strot.'

Marie-Fleur haalde voor de zekerheid een nagelvijl uit haar tasje.

De deur aan het eind van de gang stond op een kier. Stanley trapte ertegen, terwijl hij zijn valhelm als een schild voor zich uit hield.

'En?' fluisterde Marscha.

Stanley liet de helm zakken. 'Geen fikkie te zien.'

We stonden in een modern ingerichte kamer, die in open verbinding met de keuken stond. Op de houten tafel lag iets te schitteren in de zon.

'Merels mobieltje.' Tim pakte het op. 'Geen wonder dat ik haar niet kon bereiken.'

Bonk, bonk, bonk.

Rutger keek schichtig om zich heen.

'Het komt daar vandaan.' Said wees naar een kast in de muur.

'Merel!' schreeuwde ik.

Opnieuw gebonk. Tim smeet de telefoon terug op tafel en was binnen één tel bij de kast. Hij draaide de sleutel om en trok de deur met zo veel kracht open dat die bijna uit zijn hengsels vloog. Merel tuimelde de keuken in, Stanley kon haar nog net opvangen voordat ze een flinke smak zou maken. Haar polsen en enkels waren met gordijnkoord vastgebonden en over haar mond was tape geplakt.

'D-Dat is Merel niet,' stotterde Daan.

'Jawel, hoor,' zei ik. 'Nieuwe look.'

'Hmwhm,' mompelde Merel. Tot Tim de tape losrukte, toen brulde ze: 'Au!'

'Hoef je in elk geval je bovenlip voorlopig niet meer te harsen.' Marie-Fleur probeerde het koord door te vijlen.

Ik draaide me om. 'Shit, Rutger is ervandoor!'

'Lekker laten gaan,' zei Stanley. 'Die komt weer wel terug, hij woont hier.'

Tim zocht in de keukenla naar een mes. 'Daar gaat het vast beter mee.'

Even later was Merel bevrijd. Ze schudde met haar armen en benen tot het bloed weer begon te stromen.

'Zie je nou wel,' mopperde Marscha. 'Als wij niet gekomen waren...'

'Het komt allemaal door Dennis.' Merel zuchtte. 'Rutger vond dat ik naar hem moest teruggaan, om het goed te maken, maar dat wilde ik niet. Ik zei dat ik nog eerder zou weglopen.'

'En dus sloot hij je op.' Marscha spuwde de woordjes uit. 'Wacht maar tot de politie dit hoort.'

Merel sperde haar ogen open van schrik. 'Ik ga niet naar de politie, hoor! Rutger is altijd lief voor me geweest.'

Tim had gelijk gehad. Ze was inderdaad gehersenspoeld, alleen niet door aliens.

Ik zwierde met het gordijnkoord voor haar gezicht. 'Noem dat maar lief.'

Daan ging naast Merel op de bank zitten. 'Je bent veel te goed voor die stomme Rutger.'

Hij zag Marscha niet meer staan!

'Je moet hem aangeven, Merel.' Marscha zocht naar haar mobieltje. 'Voordat hij nog meer slachtoffers maakt.'

Merel klemde zich vast aan de bank. 'Hoezo nog meer? Hij houdt alleen van mij, dat heeft hij zelf gezegd.'

'Oh ja, en wie is dit dan?' Marscha liet de foto op het scherm-pje van haar telefoon zien.

En toen, eindelijk, kreeg Merel haar verstand terug.

**Problemen met je lijf,
je lover of je ouders?
Vraag Manja om raad!**
(Ook anonieme brieven
worden beantwoord)

Lieve Manja,
Ik ben verliefd en zou heel heel graag verkering met S. willen. Maar
ik durf het niet te vragen! Hoe kan ik tot hem door laten dringen dat
ik hem meer dan leuk vind?
Wanhopige groetjes van een meisje-in-love

Meisje-in-love,
Laat merken dat je in hem geïnteresseerd ben. Vraag naar zijn hob-
by's en interesses en geef hem complimentjes. Wees aardig voor
hem. Geef hem bijvoorbeeld je laatste kauwgompje of bied aan om
hem met zijn huiswerk te helpen. Zoek oogcontact en kijk vervol-
gens zogenaamd verlegen weg. Glimlach naar hem en schud sexy
met je haren. Knipper met je wimpers (niet té, dan denkt hij dat er
een vuiltje in je oog zit). Plaag hem een beetje. (Niet pesten! Dan
denkt hij dat je een hekel aan hem hebt.) Blijft hij stekeblind? Stuur
dan je vriendin op hem af zodat zij kan laten doorschemeren dat je
best wel verkering met hem zou willen.
Go for it!
Manja

Wie oh wie?

Het was zaterdag. Uit de boxen van DST waaierden aanstekelijke zomerhits. Tim had al tientallen portretten getekend, Karin een hele rij kinderen geschminkt en Marie-Fleur een kruiwagen aardbeiensnoep uitgedeeld. Daan verkocht aardbeienballonnen en Said ijsbeerde in zijn allerglimmendste trainingspak van het terras naar de wc.

'De vorige keer ging het ook goed,' zei ik, terwijl ik hem met een dienblad vol lovepotion en ijsjes voorbijliep.

De muziek zweeg. Karin ging op de catwalk achter de microfoon staan. 'Wat krijg je als er een aardbei onder de trein loopt? Aardbeienjam. Wat krijg je als Said zijn rap laat horen? Aardbeienoren. Mag ik een daverend applaus?'

Het publiek klapte beleefd. Said zag eruit als een bang konijntje met een pet. Ik zette vlug mijn blad neer voordat hij op de vlucht zou slaan.

'Smashing Said!' galmde Karins stem.

'Hup, Said.' Ik had het gevoel dat ik een olifant naar het podium moest duwen. 'Ali B zou zich ook niet laten kennen.'

'Strawberry Said!' riep Karin, een tikkeltje wanhopig.

'Als je haar nog langer voor schut laat staan, maakt ze het uit,' dreigde ik.

Hèhè, dat hielp. Met een bibberend loopje klom hij de catwalk op.

Shit, mijn ijsjes begonnen te smelten. Haastig deelde ik ze uit.

'Ik weet niet hoe je heet, maar met jou wil ik een date,' rapte Said.

Ik wist wel degelijk hoe hij heette.

Marscha, dacht ik. Zij wist vast wel hoe ik het moest aanpakken.

Ze zat in het schuimrubber aardbeienpak op de trap te wachten tot er weer iemand met haar op de foto wilde.

Ik wurmde me tussen haar en de trapleuning in. 'Je moet me helpen.'

Ze maakte een vragend gebaar met haar arm.

'Ik ben verliefd op Stanley,' zei ik. 'Maar ik weet niet zeker of hij mij ook leuk vindt. Hij kijkt me niet aan en dat is een slecht teken, toch? Maar hij sloeg wel zijn armen om me heen, toen Said in de wc stond te rappen.'

Ik voelde haar hand tegen mijn kuit.

'Ik weet wel dat hij al achttien is, maar denk je niet dat er toch een heel klein kansje bestaat dat... Hij heeft zulke mooie blauwe ogen, Marsh. En hij is hartstikke aardig, zoals hij Tim en Merel geholpen heeft. Kun jij hem niet eens polsen? Of denk je dat hij het kinderachtig vindt als ik het zelf niet durf te vragen?'

Dit was een onmogelijke situatie. Ik kon niet eens zien of Marscha ja knikte of nee schudde.

Karin tikte me vanachter op mijn schouder. 'Kom je helpen, Fay? Het is loeidruk.'

'Oké.' Ik trok me op aan de leuning.

Marscha mompelde iets, maar ik kon haar niet verstaan.

'We praten straks wel verder, als je dat stomme pak niet meer aanhebt.' Ik voelde me al een kilo lichter nu ik alles had verteld.

Haastig liep ik naar de keuken om een bestelling op te halen. Ik duwde de deur met het patrijspoortje open en...

'Het is een groot succes, hè Fay?' zei Marscha blij.

Het was alsof ik een koude douche over me heen kreeg. Ik wreef mijn ogen uit, en nog eens en nog eens. Het plaatje veranderde niet.

'Is er iets?' Marscha keek me onderzoekend aan.

En of er iets was!

'Ik, jij...' Ik werd gek! Tenzij...

Ik wankelde de keuken weer uit en keek door het raam naar het terras. Nee, ik had het niet gedroomd: de aardbei zat nog steeds op de trap.

'Wat is er nou?' Marscha was me als een spion gevolgd.

Geroezemoes, tikkende messen en vorken. Ik had geen behoefte aan publiek.

'Wc,' siste ik.

Marscha leunde tegen de wastafel, haar gezicht was een groot vraagteken.

'Waarom zit jij niet in dat aardbeienpak?' piepte ik.

'Gewoon.' Ze haalde haar smalle schouders op. 'Toen ik het wilde aantrekken, bedacht ik ineens dat dit misschien wel dat rode gevaar was, waar tante Ka me voor waarschuwde.'

Ik tikte tegen mijn voorhoofd. 'Je bent niet goed wijs.'

'Nou moe,' zei ze verontwaardigd. 'Ik had anders best kunnen stikken in dat ding.'

Ik kreeg zin om een potje te huilen. Mijn ziel en zaligheid had ik uitgestort, en bij wie? Stel je voor dat...

'Wie heeft je beurt overgenomen?' vroeg ik gespannen.

'Marie-Fleur,' antwoordde Marscha. 'Maar waarom is dat nou zo'n ramp, Fay?'

Pfff, het had veel en veel erger gekund. Ik liet me op de grond zakken, met mijn rug tegen de koele tegelmuur. 'Ze lacht zich vast suf.' Afwezig duwde ik een verdwaalde haarpiek achter mijn oor. 'Ik dacht dat zij jóú was en heb haar verteld dat ik verliefd ben op Stanley.'

Toen gebeurde er iets verschrikkelijks. Uit Marscha's keel kwamen klokkende geluiden. Het was alsof iemand me keihard in mijn buik trapte en ook nog eens naalden in mijn hersens stak. MARSCHA LACHTE ZICH OOK SUF!

124

'Verliefd op die krentenbol. Goeie grap. Fay!' hikte ze. 'Ik was er bijna ingestonken.'

Hoe had ik haar ooit als vriendin kunnen nemen? Ik haatte haar! Voor eeuwig en altijd!

'Het is geen grap!' schreeuwde ik.

De lach stierf op haar gezicht. 'Sorry hoor, maar...'

Met trillende benen krabbelde ik overeind. Ik stikte bijna in mijn woorden. 'Wat ben jij een oppervlakkig stom wijf, zeg! Pas maar op dat dat rotte karakter van jou niet naar buiten komt. Wat zul jij dan een puistenkop krijgen!'

Marscha werd eerst spierwit en daarna vuurrood. 'Lekkere vriendin ben jij,' fluisterde ze.

'Ik ben je vriendin niet meer.' Mijn hart was in een klomp ijs veranderd. 'Ik zeg onze vriendschap op!'

DOOR DIK EN
DOOR DUN

Heb jij één heel goede vrien-din of trek je altijd met een clubje meiden op? Betekent vriendschap voor jou dat je al je geheimen met elkaar deelt of spreek je vooral voor de gezelligheid af? Vriendschap is voor iedereen anders.

Hartsvriendinnen

Jullie kunnen geen dag zonder elkaar. Als de een in de put zit, merkt de ander het meteen. Jullie voelen elkaar zo goed aan, dat je eigenlijk al niets meer hoeft uit te leggen. Maar dat doen jullie wel, want het is veel te gezellig om urenlang over vriendjes, school of je onzekerheden te kletsen. Jullie vertellen elkaar echt alles. Zelfs de waarheid!

Schoolvriendinnen

Tijdens de schoolpauzes klieken jullie samen om het weekend door te nemen, huiswerk over te schrijven, en lekker veel te lachen. Jongens lopen het liefst met een grote boog om jullie heen. De vriendschap gaat misschien niet heel erg diep, maar lol heb je!

Msn-vriendinnen

Dit kunnen vriendinnen zijn die je ook 'live' kent, maar veel meiden kiezen er juist voor om via msn nieuwe contacten te leggen. Omdat jullie overdag verschillende levens leiden, raken jullie 's avonds niet uitgepraat. Aan deze vriendschap zit wel een risico vast! Voor hetzelfde geld is jouw msn-vriendin een vieze, oude man. Geef daarom nooit je adres of telefoonnummer door. En wil ze met je afspreken, ga er dan niet alleen op af!

Sport- en spelvriendinnen

Dit zijn de meiden van bijvoorbeeld je hockeyteam, de manege of de toneelclub. Wat jullie bindt, is jullie gezamenlijke hobby. Met hen kun je heerlijk doorzagen over je favoriete onderwerp, zonder dat de ander van verveling in slaap valt. De rest van de week mis je ze niet echt.

Op stap-vriendinnen

Deze groep vriendinnen zien elkaar vooral tijdens de leuke momenten. Jullie gaan samen winkelen of stappen, delen de nieuwste roddels en hebben veel plezier. Er is meestal weinig ruimte om echte problemen te bespreken. Gezelligheid is het key-word. Wil je toch je ei kwijt? Spreek dan liever op een ander moment met een van hen af.

Goede vriendinnen

Jullie kunnen met elkaar lachen, maar ook bij elkaar uithuilen. Geheimen zijn ab-so-luut veilig. Je neemt de tijd om naar elkaar te luisteren en steunt elkaar door dik en dun. Soms zie je elkaar apart, soms met anderen samen. Je hoeft elkaar niet voortdurend op de lip te zitten, maar één wanhopig telefoontje en een goede vriendin staat meteen op de stoep.

Einde vriendschap?

Vriendschappen duren helaas niet eeuwig. Het kan flink pijn doen als een vriendschap verwatert of je bijvoorbeeld door een ruzie of verhuizing een vriendin kwijtraakt. Blijf niet te lang in je eenzame hoekje zitten, daar word je alleen maar depri van. Trek eropuit en maak nieuwe vrienden!

Jaloers

Dertig graden en ik klappertandde. Boem, boem, boem. Ik stampte over het terras en knalde ergens een koffie op tafel. Dit was de ergste dag van mijn leven. Ik wilde naar huis, naar mijn bed en diep onder mijn donsdek wegkruipen. Boem, boem. Broodje kroket voor tafel drie. Nooit zou het nog goed komen, het voelde alsof iemand zojuist mijn arm had geamputeerd. Boem, boem. Stomme trut! Hoe durfde ze zulke dingen over Stanley te zeggen? En dat misselijke lachje van haar, net een blatend schaap. Boem. Een lovepotion voor meneer. Met grote passen banjerde ik naar de keuken en weer naar het terras en terug naar de keuken. Monsterlijke Marscha. Boem. Misselijke Marscha. Boem. Ondertussen zorgde ik ervoor dat ik minstens een kilometer uit haar buurt bleef. Ik gunde het haar niet dat ik ging janken.

Om halfdrie was het mijn beurt om me als aardbei te vermommen.

Said plantte een meisje met drie staartjes naast me en danste met het fototoestel achteruit. 'Say cheese!'

Ik huilde zonder geluid. Er was toch niemand die het zag.

Bij de wastafel in de wc-ruimte boende ik mijn traansporen weg. Ik maakte mijn haar los en bond het opnieuw in een paardenstaart. Diep ademhalen. Nog een paar uur en dit stomme feest was voorbij.

Er stond een flinke rij bij de bar. Oom Rien tapte op full-speed pilsjes en Stanley bediende de kassa. Hij knikte naar me, met dat scheve lachje van hem.

Misschien was dit feest toch niet zo heel erg stom. Als Marscha maar niet...

Ik nam een spaatje uit de koeling en ging op de balustrade van het terras zitten.

'Over een kwartier is het zover!' riep Karin door de microfoon. 'Wie wordt de aardbeienkoningin van DST? Schrijf je in nu het nog kan.'

Achter me klonk een bouwvakkersfluitje. Het was Daan. Hij keek naar Merel, die tegelijk met de moeder van Marscha de trap op kwam.

'We moeten haar overhalen om aan de verkiezing mee te doen,' zei Daan.

'Marscha's moeder?' vroeg ik.

Oom Rien en Marscha's moeder gingen aan de zijkant van de catwalk zitten en deden belangrijk met papieren. Achter het raam van DST stonden een stuk of tien meisjes in badpak en bikini te wachten. Marscha kwam naar buiten, liep met een boog om me heen en plofte naast Daan op de balustrade.

Het bloed gonsde in mijn oren. Ze keek me niet eens aan!

'Wat is er met jullie?' vroeg Daan verbaasd.

'Wat zou er moeten zijn?' Marscha lachte overdreven.

Karin riep meisje na meisje de catwalk op, maar het drong nauwelijks tot me door. Het leek alsof mijn hersens door een of ander virus waren aangetast, waardoor ze alleen nog maar op het commando 'Marscha' reageerden.

'Daar komt Marie-Fleur,' zei Marscha.

'Aan welke wetenschappelijke uitvinding beleef jij het meeste plezier?' Karin hield Marie-Fleur de microfoon voor.

'Waterproof mascara.'

Een lachsalvo golfde over het terras.

'En msn natuurlijk,' zei Marie-Fleur haastig.

Ik zou nooit meer met Marscha msn'en. Nooit meer met haar lachen. Nooit meer...

Bij het twintigste 'nooit meer' gaf Daan me een por. 'Merel is.' Hij ging rechtop zitten en draaide aan zijn oor alsof hij daarmee het beeld scherper kon stellen.

Ik keek stiekem naar Marscha. Ze duwde haar nagels in haar handpalmen en staarde verbeten naar het podium. Tot mijn grote verbazing leek ze helemaal niet blij, maar stinkend jaloers.

Net goed, dacht ik. Maar tegelijkertijd kreeg ik een nare smaak in mijn mond.

'Mag ik er even bij?' Gijs wees naar het fototoestel dat op zijn buik hing. 'Een plaatje van de aardbeienkoningin mag natuurlijk niet in mijn reportage ontbreken.'

Er waren drie finalisten overgebleven. Merel, Marie-Fleur en een chocoladebruin meisje met rastahaar. Het publiek zou bepalen wie de uiteindelijke winnares werd.

Je kon een speld horen vallen op het terras. Daan en Tim duimden en Marscha deed nadrukkelijk of ze het niet zag.

'Wordt het de humoristische Marie-Fleur?' vroeg Karin.

Er werd flink geklapt en gefloten.

'De prachtige Sharida?'

Het applaus bleef op dezelfde sterkte hangen.

'Of gaat Merel winnen?'

De Strandtent werd bijna afgebroken. Voeten stampten en armen gingen juichend in de lucht. Daan en Tim gaven elkaar een high-five. Marie-Fleur keek alsof ze zojuist een glas azijn had opgedronken. Marscha's moeder deed Merel een sjerp om en drukte de tiara in haar haren.

Gijs knipte een fotorolletje vol. 'Dit is voorpaginanieuws.'

'De wedstrijd aardbeien eten is nog niet eens geweest.' Marscha legde haar hand op de knie van Daan. 'Je komt me toch wel aanmoedigen, hè?'

Ik wilde zeggen dat ze niet zo wanhopig moest doen. En dat Daan tijdens het zoenen vast nog steeds met zijn hoofd draaide. Maar zoiets zei je alleen tegen vriendinnen.

Problemen met je lijf, je lover of je ouders? Vraag Manja om raad!
(Ook anonieme brieven worden beantwoord)

Lieve Manja,
Ik heb ruzie met mijn beste vriendin. Of eigenlijk ex-vriendin. Ze heeft me uitgelachen en heel erg gekwetst en toen heb ik heel gemene dingen tegen haar geroepen EN DAT WAS HAAR VERDIENDE LOON! Ik ben nog steeds hartstikke kwaad, maar ik mis haar ook verschrikkelijk. De enige manier waardoor het nog goed kan komen, is als ze haar excuses aanbiedt. Dat gebeurt dus nooit, want we praten niet meer met elkaar. Weet jij een manier hoe ik haar gemakkelijker kan vergeten?
Groetjes van een depressief meisje

Lief, depressief meisje,
In de beste vriendschappen komen ruzies voor. Dat je je zo vreselijk gekwetst voelt, bewijst alleen maar dat je veel om je vriendin geeft. Anders zouden haar uitspraken niet zo zwaar wegen. Als jullie allebei gaan zitten wachten tot de ander de eerste stap zet, gebeurt er niets. Is de vriendschap je echt zoveel waard, zet dan je trots opzij en neem zelf het initiatief. Je zou haar bijvoorbeeld in een brief kunnen schrijven dat ze je op je ziel heeft getrapt en dat je daardoor erg verdrietig bent. Het grote voordeel van papier is dat je een verhitte woordenstrijd (waarin jullie misschien weer dingen zeggen waar jullie later spijt van krijgen) vermijdt. Je vriendin kan eerst rustig nadenken voordat ze reageert. Dat voorkomt een hoop verwijten!
Ik wens je veel inspiratie en succes.
Groetjes van Manja

Mijn schuld!

Op de catwalk stonden vijf tafels in een rij tegen elkaar aan ge-
schoven. Daarachter zaten de aardbeieneters, met het gezicht
naar het publiek. Vijf jongens en drie meisjes, waaronder Marscha. Ze had haar handen gevouwen en staarde in opperste concentratie in de verte. Ik verwachtte dat ze ieder moment 'Oem,
oem' kon gaan roepen.
Oom Rien controleerde met een weegschaal of elk bord aardbeien precies een kilo woog. Zijn lieftallige assistente Safira
zette de goedgekeurde porties voor de deelnemers neer.
Karins stem galmde door de microfoon: 'Zijn we er klaar
voor?'
'Zet hem op.' Tim sloeg Marscha op haar schouder.
'Succes,' zei Daan.
Ze keek iedereen dankbaar aan. Maar zodra haar ogen bij mij
kwamen, draaiden ze weg. Alsof ik nog minder was dan een
vuilniszak!
Mijn keel werd dik van de tranen. Ik wilde Marscha nooit maar
dan ook nooit meer zien! Stuntelig stapte ik van de catwalk af
en worstelde me tussen de wazige stoelen en mensen door.
Trap. Half op de tast nam ik de treden.
'...drie, start!' hoorde ik Karin roepen.
Ik liep tussen de palen door waarop DST was gebouwd. In de
schaduw was het koel en stil. Ik ging met opgetrokken knieën
in het zand zitten en legde mijn bonkende hoofd op mijn handen. Nog nooit had ik me zo eenzaam gevoeld.

Na een hele tijd, hoelang weet ik niet, klonken er stemmen.
'Hier is ze!'

Marie-Fleur en Merel kwamen aangerend.

Zij hebben tenminste geen ruzie, dacht ik.

'Je moet meekomen,' zei Merel. 'Er is iets met Marscha.'

Alsof mij dat kon boeien.

Marie-Fleur huilde bijna. 'Ik denk dat ze doodgaat!'

Alle lucht werd uit mijn longen geperst.

'Ze gaat flauwvallen.' Merels stem leek heel ver weg.

Klapjes op mijn wangen. De mist trok op en ik zag Marie-Fleur weer helder.

'Marscha, hoezo? Waar?' Nog een beetje duizelig, stond ik op.

Merel ondersteunde me. 'Tijdens de aardbeienwedstrijd klapte ze ineens in elkaar.'

Marie-Fleur greep naar haar borst. 'Misschien heeft ze wel een hartaanval.'

Die kon je krijgen van te veel stress! Stel je voor dat het door onze ruzie kwam! Het was maar goed dat Merel me vasthield want ik was ineens vergeten waar mijn benen zaten.

'Welnee,' zei ze. 'Bij een hartaanval wordt je tong toch niet dik? Die van Marscha is helemaal opgezwollen.'

Ergens op de boulevard loeide een sirene.

Marie-Fleur zuchtte. 'Gelukkig, de ambulance.'

Ik moest Marscha zien voordat ze haar meenamen. Ik moest haar vertellen dat ze beter moest worden omdat ik niet zonder haar kon. Ik moest het goedmaken voordat ze...

Niet aan denken. Natuurlijk werd ze beter!

Ik had mijn benen weer terug, maakte me los van Merel en holde de trap op. De mensen stonden in een halve kring om de catwalk heen. Ik duwde, trapte op tenen en sloeg op ruggen. Het kon me niet schelen wat ze ervan vonden. Er was maar één ding belangrijk: ik wilde bij Marscha zijn!

Ze lag als een dweil in haar stoel. Haar moeder depte met een nat washandje haar gezicht. Wat zag Marscha eruit! Haar huid was vlekkerig en rood en bespikkeld met pukkels. EN DAT WAS MIJN SCHULD!

'Pas maar op dat dat rotte karakter van jou niet naar buiten komt,' echode een stemmetje in mijn hoofd. 'Wat zul jij dan een puistenkop krijgen!'

'Dit heb ik niet gewenst.' Ik pakte Marscha's hand vast en snikte. 'Dit heb ik nooit zo bedoeld.'

Ze keek me door de kiertjes van haar ogen aan en glimlachte flauwtjes.

'Opzij.' Een paar mannen met een brancard drongen me opzij. 'Het spijt me!' schreeuwde ik. 'Het spijt me zo!'

IK WENS, IK WENS...

Glow nam een kijkje in de wereld van het bijgeloof.

Iemand gezondheid wensen

Ben jij snipverkouden en moet je aan de lopende band niezen? In sommige landen denkt men dat je ziel tijdens elke 'hatsjoe!' je lichaam even verlaat. Door 'proost' te zeggen, stuur je hem weer netjes terug waar hij hoort.

Al sinds de builenpest wensen mensen elkaar gezondheid bij het niezen, men hoopte toen dat je daarmee deze vreselijke ziekte kon voorkomen én genezen. Maar of dat hielp?

Eén troost: drie keer achter elkaar niezen schijnt geluk te brengen. Bovendien wordt het dan morgen mooi weer.

Iemand geluk wensen

Wens een bijgelovige soapster nooit succes als zijn scène gedraaid gaat worden! In zijn ogen brengt dat juist ongeluk. Het woordje 'succes' is in de toneelwereld taboe, daarom gebruiken acteurs termen als *break a leg* of *Hals- und Beinbruch*. En dus niet omdat ze echt willen dat iemand zijn been breekt!

Bij voetballers ligt dat weer anders. Sommige spelers durven het veld niet op voordat hun moeder (!) hen geluk heeft gewenst. Hun bijgeloof gaat soms nog verder: altijd hetzelfde geluksshirt dragen, bijvoorbeeld. Of zich een paar dagen voor de wedstrijd niet meer scheren.

Iemand naar de maan wensen

Soms wensen we elkaar de vreselijkste dingen toe. Een meisje dat je vriendje afpikt, mag wat jou betreft groen haar krijgen. Je wenst dat je leraar Frans door de griep wordt geveld, zodat je dat afschuwelijke

136

proefwerk niet hoeft te maken. Als je ruzie met je vriendin hebt, schreeuw je dat ze naar de maan kan lopen.

Natuurlijk meen je het niet echt (toch?) en gelukkig komen zulke wensen zelden uit. (En als het wel gebeurt, is dat toeval!) Iedereen roept wel eens iets in het heetst van de strijd.

Ben je nog niet gerustgesteld en erg bijgelovig? Wens de betreffende persoon dan vlug veel voorspoed en geluk toe om het goed te maken. Wedden dat het helpt? (Oeps, even afkloppen op ongelakt hout.)

Vrede?

We gingen allemaal naar het ziekenhuis, alleen Stanley en Safira bleven in DST.

De wachtkamer was hoog en licht en veel te vrolijk. We hingen lusteloos in de plastic stoelen, en veerden pas op toen er iemand binnenkwam.

'Weet u al iets?' vroeg oom Rien.

'De dokter komt zo.' En weg was de witte jas.

Karin zuchtte teleurgesteld. We leunden weer achterover. Oom Rien maakte ruzie met de koffieautomaat en Said trommelde nerveus op zijn knieën. We wachtten en wachtten. Het leek wel een eeuw. Telkens werden mijn ogen naar de deur toe gezogen. In een kamertje ergens daarachter waren dokters met Marscha bezig. Haar pukkelige gezicht was op mijn netvlies gebrand. Laat haar beter worden, alsjeblieft, alsjeblieft.

Vanuit de gang hoorden we het geklikklak van hakken.

'Daar is Marscha's moeder!' riep Merel.

'Ze is alleen.' Marie-Fleur pakte Daans hand vast.

Alsjeblieft niet, alsjeblieft niet... Mijn vingers plakten aan de zitting.

'En?' Oom Rien kneep zijn bekertje aan gort.

Marscha's moeder glimlachte. 'Alles komt goed.'

Said sprong overeind en gaf haar een zoen. 'Hoezee, alles is oké!'

Oom Rien maakte een dansje en Marscha's moeder begon te vertellen.

'Goed,' zei ik wel honderd keer tegen mezelf. 'Alles komt goed.'

Toen pas kon ik het geloven.

We zwaaiden door het raam naar Marscha in het ziekenhuisbed. Haar vader zat in zijn golfkleren naast haar. Hij was van de golfbaan meteen naar het ziekenhuis gekomen.

'Jij wilt zeker nog wel even naar binnen?' Marscha's moeder legde haar arm om me heen. 'Ik heb zo'n gevoel dat jullie nog iets uit te praten hebben.'

Ze was al net zo helderziend als tante Ka. Ik knikte stom.

'Tot morgen dan, Fay!' De anderen mochten naar buiten, de frisse lucht in.

'Tot morgen.'

'Kom Lex, dan gaan wij even koffiedrinken,' zei Marscha's moeder tactisch.

Ik ging op het puntje van de vrijgekomen stoel zitten en vroeg aan Marscha: 'Doet het zeer?'

'Gaat wel. Het jeukt als een gek, maar ze hebben een pot zalf over me uitgesmeerd en nu is het wel uit te houden.' Ze wilde zich krabben, maar sloeg zichzelf op haar hand. 'Tante Ka heeft toch gelijk gehad met haar "pas op voor het rode gevaar!".'

Ik staarde haar aan.

'Aardbeien.' Marscha wees naar haar pukkels. 'Het was een hevige allergische reactie.'

Dus het kwam niet door mij! Het nijlpaard dat ik al die tijd had meegetorst, gleed van me af.

'Ik dacht...'

'Je moet niet zoveel denken,' zei Marscha. 'Daar krijg je alleen maar koppijn van.'

'Ik wilde niet echt dat je pukkels kreeg.' Ik huilde van opluchting.

Marscha deed meteen mee. 'En ik had niet moeten lachen,' snikte ze. 'Ik dacht eerlijk dat je een grapje maakte, maar het is natuurlijk hartstikke normaal dat je verliefd op Stanley bent. Hij is slim en aardig en...'

139

'Het kan me niet schelen dat hij puistjes heeft!'
We huilden en lachten tegelijk.
'Tuurlijk niet.' Marscha liet haar arm zien. 'Trouwens, ik heb er veel en veel meer.'
'Jij en Daan?' vroeg ik.
'Ik denk niet dat hij me nu nog wil zoenen.' Ze snoot haar neus en gaf mij ook een papieren zakdoek. 'Bovendien is hij verkikkerd op Merel.'
'Je wilt toch dat hij het uitmaakt?'
Ze knikte. 'Sommige dingen waardeer je pas als je ze kwijtraakt.'
'Je mag nooit meer aardbeien eten, hoor,' zei ik. 'Ik waardeer je toch al wel.'
'Ondanks mijn oppervlakkige karakter?' kon ze niet nalaten om te zeggen.
Ik grijnsde. 'Vrede?'
'Vrede.' Marscha spreidde haar armen. 'Ik wil je wel omhelzen, maar ik ben nogal plakkerig.'

**Problemen met je lijf,
je lover of je ouders?
Vraag Manja om raad!**
(Ook anonieme brieven
worden beantwoord)

Lieve Manja,
Mijn vriendin is heel zielig. Ze heeft zo veel aardbeien gegeten dat
ze er allergisch voor is geworden. Nu zit ze onder de vlekken en bul-
ten en heeft heel veel jeuk. Gelukkig hoeft ze maar één nachtje in het
ziekenhuis te blijven, morgen mag ze naar huis. Heb jij nog goede
ideeën om haar op te vrolijken?
Groetjes van F.

Lieve F.,
Zorg allereerst voor een feestelijke thuiskomst. Vraag aan haar moe-
der of je hun woonkamer mag versieren. Zet een grote bos bloemen
(met een lief kaartje) neer en zorg voor taart (geen aardbeienvlaai!).
Hou er wel rekening mee dat je vriendin snel moe kan zijn. Bonjour
dan de overige gasten de deur uit en gun haar wat rust. De dagen
erna kun je haar natuurlijk ook steunen. Als je zo veel jeuk hebt, is
het fijn als er iemand voor afleiding zorgt. Huur een leuke dvd (bij
voorkeur een lachfilm) om samen te bekijken. Lees voor uit Glow.
Steek haar haren op met duizend speldjes. Laat haar een top 10 ma-
ken van dingen die ze graag met jou zou willen doen en werk het
lijstje af. Voor je het weet is ze beter.
Beterschap voor je vriendin!
Manja

Een jongen met bruin haar

Haastig liep ik naar de uitgang van het ziekenhuis. Met een beetje geluk kon ik de bus naar de boulevard nog halen. Daar stond mijn fiets.

De glazen deuren gingen met een zoevend geluid open. De warmte kwam me tegemoet.

'Fay!'

Mijn benen veranderden in soepslierten. Bij de plantenbakken voor de ingang stond Stanley!

'Het gaat al veel beter met Marscha,' zei ik. 'Ze mag morgen naar huis.'

'Weet ik, Rien heeft het verteld.' Hij haalde zijn handen uit zijn zakken. 'Daar kom ik ook niet voor.'

Waar kwam hij dan voor? Ook mijn armen werden soepslierten.

Stanley gebaarde naar zijn scooter, die bij een boompje stond geparkeerd. 'Ik dacht, je wilt vast wel een lift.'

Was hij daarvoor helemaal hier naartoe gekomen? Mijn mond zat ineens op slot. Dus knikte ik maar tot mijn hoofd er bijna afviel.

Zwijgend liepen we naar de scooter. Ik wilde dat hij dat ding ergens in Tokio had geparkeerd, we waren er veel te vlug.

'Fay?' Stanley haalde diep adem. 'Meende je dat echt, wat je vanmiddag zei, op de trap?'

Op de trap, op de trap? Mijn hersens maakten overuren, maar ik kon me met de beste wil van de wereld niet herinneren dat ik ooit met Stanley op de trap had gezeten.

'Aardbeienpak,' hielp hij.

Nee, hè? Het bloed stroomde met de snelheid van een achtbaankarretje door mijn lijf. 'M-maar... Marie-Fleur zat toch in dat pak?'

Hij streek met zijn vinger over het scooterzadel. 'Ik had haar beurt overgenomen, anders moest ze twee keer, omdat Marscha niet wilde.'

Dat deed allemaal maar, ruilen zonder mij iets te vragen! Stond ik even voor paal!

'Ik... eh...' Zijn mooie blauwe ogen keken me aan. '...vind jou ook... eh...'

Al moest ik nog honderd keer voor paal staan! In mijn hoofd begon iemand een liedje te zingen. Stanleys ogen waren nu zo dichtbij dat ik kon zien dat er ook nog groene spikkeltjes in zaten. Ik voelde een hand op mijn heup en eentje tegen mijn gezicht. Met bibberige vingers hield ik de lusjes van zijn broek vast. Nu ging het gebeuren, mijn allereerste echte zoen.

Zijn mond was helemaal niet pukkelig, maar verbazend zacht. Ik durfde te zweren dat ik los van de grond kwam.

Pas na lange tijd lieten zijn lippen me los. Zijn handen bleven me vasthouden.

Dus nu is het aan, dacht ik.

'Wij hebben geen liefdesdrankjes nodig,' zei Stanley.

Even was ik weer in de met kaarsen verlichte flat.

'Nee.' Ik streek zijn bruine pony opzij en ineens drong het tot me door. 'Maar jouw tante Ka heeft wel gelijk gehad.'

Stanleys wenkbrauwen gingen omhoog.

'Ze zag een jongen met bruin haar in haar kristallen bol en ze zei dat hij verliefd zou worden op een meisje,' zei ik. 'Het had alleen wat tijd nodig.'

'Tante Ka, abacadabra.' Stanley kuste me voor de tweede keer. Inderdaad, het was magisch!

Wil je meer avonturen lezen van Fay en Marscha?

Lees dan ook het eerste deel van De StrandTent

Aflevering 1:
Over blozende wangen, bitterballen met mosterd,
een aangebrande jongen en nog veel meer hete dingen

'Vlot en met humor geschreven, eigentijds verhaal
dat meisjes zeker zal aanspreken.' NBD